F Do

La beauté de Svardia

PIPPA ROSCOE

La beauté de Svardia

Traduction française de
LOUISE LAMBERSON

AZUR

HARLEQUIN

Collection : Azur

Titre original :
CLAIMED TO SAVE HIS CROWN

HARPERCOLLINS FRANCE
83-85, boulevard Vincent-Auriol, 75646 PARIS CEDEX 13
Service Lectrices — Tél. : 01 45 82 47 47 - www.harlequin.fr
ISBN 978-2-2804-8396-4 — ISSN 0993-4448

Composé et édité par HarperCollins France.
Imprimé en février 2023 par CPI Black Print (Barcelone)
en utilisant 100% d'électricité renouvelable.
Dépôt légal : mars 2023.

FSC
www.fsc.org
MIXTE
Papier issu de
sources responsables
FSC® C159065

Pour limiter l'empreinte environnementale de ses livres, HarperCollins France s'engage à n'utiliser que du papier fabriqué à partir de bois provenant de forêts gérées durablement et de manière responsable.

Prologue

Henna se mordit la lèvre pour retenir un sanglot. Où qu'elle pose son regard, elle ne voyait que des milliers de minuscules feuilles vertes.

Revenant sur ses pas, elle emprunta un autre chemin étroit et reprit espoir, avant de se retrouver encore une fois à son point de départ.

Elle était perdue. *Complètement* perdue…

Si seulement Marcella, sa belle-mère, ne l'avait pas emmenée à cette fête stupide ! Henna avait l'impression d'être coincée dans le labyrinthe du Palais de Rilderdal depuis des heures, et elle commençait à redouter d'y être encore à la tombée de la nuit. Et si personne ne partait à sa recherche ? Si personne ne la retrouvait ? Le cœur battant à tout rompre, elle se maudit d'avoir cru que Viveca l'attendrait. Elle répugnait à le reconnaître à voix haute, mais sa demi-sœur, de deux ans son aînée, était méchante et même cruelle.

Ses cheveux s'échappant de l'élastique avec lequel elle avait essayé de les nouer, Henna tira rageusement sur les petites mèches coupées trop court par le coiffeur de sa belle-mère. Une nouvelle larme faillit couler. Henna aimait ses cheveux longs. Ils lui rappelaient l'époque où son père lui faisait des nattes chaque matin et les brossait le soir avant d'aller au lit. La douleur familière lui traversa la poitrine. Il lui manquait tellement. Et Marcella avait beau lui répéter qu'à douze ans, on ne pleurait pas, et qu'au bout de trois ans, on n'était plus en deuil, cela ne supprimait pas la douleur qui étreignait Henna. En permanence.

Elle fit demi-tour et repartit de nouveau en sens inverse. Ou du moins croyait-elle être arrivée par ce chemin. Soudain, elle entendit un rire et imagina Viveca se riant de sa misère. Les larmes coulèrent, la souffrance redoubla, et quand elle trébucha sur une grosse racine saillante, Henna eut envie de rester allongée sur le sol et de ne plus jamais se relever.

Le gravier lui meurtrissait les genoux et les paumes, mais même lorsque la voix étouffée – nettement plus grave que celle de Viveca – se rapprocha, elle ne se résolut toujours pas à bouger. La voix dit à quelqu'un de retourner à la fête, et bientôt le bruit de pas tout proche força Henna à lever les yeux.

Évidemment. De toutes les personnes qui auraient pu la retrouver, il avait fallu que ce soit *lui*. L'espace d'une seconde, elle regretta que ce ne soit pas Viveca. Non seulement Aleksander était le garçon le plus sympa du lycée, le plus populaire, le meilleur de sa classe en sport *et* le plus intelligent, mais il était de surcroît le Prince de Svardia. Sans doute parlait-il à Kristine, sa petite amie. Au lycée, certains les disaient mal assortis, mais elle aussi était très sympathique – et très jolie, en plus.

Lorsque Aleksander s'accroupit devant elle, Henna recula en rampant, comme si elle avait affaire à un animal dangereux. Il leva les mains puis se pencha en arrière.

— Tout va bien ? demanda-t-il tranquillement. Un jour, ma petite sœur s'est perdue ici et nous avons mis un temps fou à la retrouver.

Henna se releva maladroitement et lissa sa robe chiffonnée et couverte de poussière. Marcella allait piquer une crise en la voyant rentrer dans cet état.

Quant à Aleksander… Elle ne pouvait s'empêcher de le regarder. Il avait d'épais cheveux brun foncé, des yeux sombres au regard doux et un sourire chaleureux. Au lycée, on le surnommait le Prince charmant à cause de sa gentillesse et de sa beauté.

— Alors ? demanda-t-il.

Elle le dévisagea en silence.

— Ça va ?

Il y avait du rire dans sa voix, mais aucun accent moqueur. Henna eut beau hocher la tête, son expression dut la trahir car il fronça les sourcils.

— Tu es la demi-sœur de Viveca ?

Quand elle hocha de nouveau la tête, Aleksander fit une grimace si comique qu'elle ne put retenir un sourire.

— Viens. Allons rejoindre les autres, dit-il en lui tendant la main.

Suffoquée, Henna contempla un instant la grande main offerte avant d'y glisser la sienne.

Il la regarda et sourit, de ce sourire chaleureux qui éclairait tout son beau visage.

— Dis-moi, tu connais ma sœur Freya ?

1.

Freya la regardait d'un air si suppliant qu'Henna aurait été prête à faire n'importe quoi pour son amie.

— Je pourrais très bien refuser, tu sais ? dit-elle en plissant légèrement le front.

Folle de joie, Freya bondit de sa chaise et la prit dans ses bras, avant de tourner sur elle-même, au risque de faire tomber la pile de dossiers posés sur le bureau.

— Merci, merci, merci ! Tu es la meilleure assistante que j'aie jamais eue de toute ma vie !

— Je suis *la seule* assistante que tu aies jamais eue, répliqua Henna en ne pouvant s'empêcher de sourire devant la joie de sa plus chère amie.

— Et tu es sûre que ça ira ? Ce ne sera pas trop compliqué ?

Cela entraînerait une foule de complications et au moins trois heures de travail supplémentaire ce soir, mais pas question de le lui dire.

— Mais oui, ça ira ! Maintenant, file. Va rejoindre ton beau fiancé qui t'attend avec impatience, et envolez-vous dans un jet privé, loin des problèmes et des regards curieux !

Freya la regarda, les yeux brillants.

— J'ai beaucoup de chance, hein ? demanda-t-elle, comme si elle n'arrivait pas à y croire elle-même.

— Salue Kjell de ma part, lança Henna en la regardant franchir le seuil.

Puis elle contempla la montagne de dossiers en soupirant, et alla se préparer un café avant de revenir s'installer devant son ordinateur.

L'escapade amoureuse de Freya et Kjell était romantique à souhait, mais comment expliquer la chose à l'ambassadeur de France, qui s'attendait à rencontrer Son Altesse Royale à la fin de la semaine ? Les deux tourtereaux avaient cependant bien raison de partir, parce que ce serait leur dernière escapade avant un bon moment. Une fois fiancés officiellement, le tout nouveau duc et la princesse ne pourraient plus s'offrir ce genre d'échappées.

Durant quelques instants, Henna s'imagina enlevée par un homme magnifique qui l'emmènerait dans un endroit superbe… avant de soupirer en se traitant d'idiote. Elle avait autre chose à faire que de se laisser aller à des fantasmes absurdes. Elle souleva le téléphone et appela l'ambassade de France et, en attendant qu'on lui passe M. Toussaint, elle tourna les yeux vers son écran et vit apparaître un nouvel e-mail. Elle fronça les sourcils et cliqua dessus…

— Allô ? Mademoiselle Olin ?

Émergeant de la stupeur causée par le contenu de l'e-mail, elle fit pivoter sa chaise pour tourner le dos à l'écran.

— Bonjour, monsieur l'ambassadeur. Je suis désolée, mais je…

Il fallut quinze minutes pour annuler le rendez-vous sans blesser aucun ego, mais Henna savait s'y prendre et remplit son rôle à la perfection, tout en ignorant résolument les phrases qui continuaient de tourner en boucle dans sa tête.

Après avoir enfin reposé le combiné, elle se passa la main sur le front, inspira profondément, et fit pivoter son fauteuil.

Chère mademoiselle Olin…

… membre hautement recommandé du personnel du

Palais royal… nous pensons que votre profil correspond exactement à… salaire très compétitif …

Elle avait été repérée par un chasseur de têtes !

Et on lui faisait une proposition unique. Une de ces opportunités qui ne se présentaient qu'une fois dans la vie. Le nom de sa future employeuse n'était pas mentionné, mais il s'agissait d'une P-DG à la réputation internationale, énergique, enthousiaste, et travaillant exclusivement sur des projets aux retombées mondiales. Bref, une occasion en or.

Jamais Henna ne quitterait Freya, ni sa sœur Marit. Mais impossible de nier que tout changeait. Marit était fiancée secrètement à Lykos Livas, un milliardaire grec, et les fiançailles de Freya et Kjell seraient célébrées dans deux semaines. Autrement dit, les princesses entamaient chacune une nouvelle vie. Elles avaient trouvé leurs compagnons, leurs *confidents*, et n'auraient plus autant besoin d'elle. Henna contempla la pile de dossiers posée sur son bureau. En revanche, *elle* aurait toujours assez de travail… Mais cela lui suffirait-il, désormais ?

Elle aimait Svardia, le pays où elle vivait depuis sa naissance. Ses fonctions l'avaient amenée à voyager dans le monde entier avec Freya, mais quel bonheur de rentrer au Palais ! Henna aimait voir les grands arbres des jardins changer au fil des saisons. Humer les embruns apportés par la brise, se balader sur la côte sauvage… En outre, elle était impressionnée par l'évolution spectaculaire de Svardia, son entrée dans l'ère du numérique, mais sans pour autant que la nature en souffre.

Non, impossible de tourner le dos à tout cela.

Son téléphone portable se mit soudain à vibrer, l'arrachant à ses pensées. Elle baissa les yeux sur l'écran. Freya.

— Tu as rendez-vous avec ta sœur ? demanda son amie.

Un frisson désagréable parcourut Henna.

— Ma demi-sœur, corrigea-t-elle. Non. Pourquoi ?

— Je l'ai vue arriver au moment où je partais rejoindre Kjell, alors j'ai préféré te prévenir. Je me demande ce qu'elle vient faire au Palais.

Henna ne se le demanda pas. Elle connaissait la réponse.

Aleksander.

En fait d'idée géniale, Aleksander avait fait une erreur de jugement monumentale.

En théorie, cette femme était parfaite. Elle hériterait du titre de marquise de sa mère, elle était riche, belle, cultivée et sophistiquée. Leurs deux familles se connaissaient depuis des années. Elle évoluait dans les mêmes cercles que lui. Mais de toute évidence, il avait oublié un détail essentiel.

À cet instant précis, Viveca rouvrit sa bouche rouge écarlate.

— Alors, je lui ai dit qu'il ne pouvait *absolument* pas me confondre avec Lady Annabelle, puisque cette femme a toujours l'air d'avoir été traînée hors d'un buisson – à reculons ! Franchement, regardez-moi.

D'un geste théâtral, Viveca Lassgård redressa la tête et les épaules de manière à attirer l'attention d'Aleksander sur sa silhouette de top model.

Aleksander la contempla un instant en silence, assise à l'extrême bord du sofa, dans une posture sans aucun doute inconfortable, les jambes croisées très haut, exposant une portion de cuisse qu'il espérait bien ne plus jamais avoir l'occasion de revoir, chaussée d'escarpins du même rouge cru que celui du rouge à lèvres, et le corps – bien trop mince au goût d'Aleksander – moulé dans une robe jaune tournesol.

Non, impossible. Il avait beau être roi, il reconnaissait qu'il avait commis une erreur *colossale*. Comment Henna avait-elle pu grandir à proximité de cette femme sans avoir des envies de meurtre ? Mystère.

Il avait agi de façon précipitée, reconnut-il en son for intérieur, parce qu'il avait été séduit par la possibilité de se trouver une fiancée au profil adéquat aussi facilement. Car il n'avait pas de temps à perdre. Quatre mois plus tôt, et ainsi que l'exigeait la tradition, son père avait abdiqué à son soixante-cinquième anniversaire et Aleksander était monté sur le trône de Svardia, l'un des royaumes de Scandinavie. Le jour suivant son couronnement, ses parents étaient partis pour un congé sabbatique de douze mois, permettant ainsi au nouveau souverain de prendre ses marques.

S'il n'y avait pas été habitué, Aleksander aurait trouvé ces étapes comiques. Depuis son vingtième anniversaire, il aurait pu remplacer son père au pied levé s'il l'avait fallu. Il avait dû attendre neuf ans uniquement parce qu'il en avait eu six lorsque son oncle, le Roi, était mort, obligeant son père à lui succéder sur le trône. Il ne l'avait pas fait de gaieté de cœur, mais avait néanmoins rempli son devoir avec un zèle et une détermination sans faille. En veillant à ce que ses enfants suivent son exemple – qu'ils le veuillent ou non.

Et maintenant, lui-même se voyait dans l'obligation de produire à son tour des héritiers, sans avoir pour autant l'intention de leur faire subir le même traitement que celui imposé par son père à lui et à sa sœur Freya.

Ces pensées le ramenèrent au présent, au salon où Viveca prenait une tasse de thé sur le plateau présenté par un serviteur auquel elle ne prêtait pas la moindre attention. Au lieu de regarder le jeune homme, elle promenait maintenant un regard lascif sur le mobilier et la décoration de style baroque italien caractérisant tout le Palais royal, à cause d'un lointain ancêtre qui s'était entiché de ce style. Aleksander détestait ce décor surchargé.

Comment s'entretenir avec des chefs d'États sur des sujets aussi sérieux et graves que le désarmement nucléaire... dans un salon bleu poudré rehaussé de filigranes dorés ?

— C'est beau..., dit Viveca d'un ton rêveur.

Il acquiesça d'un son indistinct, proche du grognement, sans qu'elle soulève ses sourcils artistement redessinés au crayon. Il avait vu des créatures comme elle au bras d'hommes richissimes – et de préférence âgés. Il ne les jugeait pas. Aleksander ne portait jamais de jugement sur quiconque. Si Viveca voulait troquer son corps contre une garantie financière, libre à elle. Mais qu'elle ne compte pas sur lui pour remplir ce rôle.

Cette femme ne lui convenait pas *du tout*, mais il n'en avait pas moins besoin d'une reine. Le temps pressait. Si la nouvelle concernant l'infertilité de Freya demeurait encore secrète, cela tenait du miracle. Mais la vérité se saurait tôt ou tard. La situation était délicate et devait être gérée prudemment. Aleksander détestait ces précautions, mais il savait de quoi la presse était capable. À la moindre erreur, ils fondraient comme des rapaces sur Freya, avant de s'acharner ensuite sur Marit dont ils mettraient en doute la fertilité, et feraient courir toutes sortes de rumeurs. Ce qui était proprement *inenvisageable*. La confiance en la famille royale en serait trop ébranlée. Par conséquent, puisqu'Aleksander devait se marier pour aider ses sœurs et son pays à traverser cette crise – alors qu'il entamait à peine son règne –, eh bien, il se marierait.

Dès son accession au pouvoir, son père avait en son temps garanti la stabilité de la nation, menacée après la mort soudaine du roi. À présent, il revenait à Aleksander de prendre la relève et de faire de Svardia une nation prospère et à l'avant-garde du progrès. Et pour cela, le pays devait avoir confiance en son nouveau souverain. Alors, s'il lui fallait une reine à ses côtés pour gagner la confiance du peuple, il se marierait. Même si c'était le dernier de ses souhaits.

Il regarda Viveca, mais, au moment où il s'apprêtait à mettre un terme à cette farce grotesque, il tressaillit et, d'instinct, tourna la tête vers la porte restée ouverte. Henna se tenait sur le seuil, aussi calme et posée qu'à l'accoutumée, mais avec une lueur étonnamment furieuse au fond des yeux.

— Bonjour, ma chère sœur, dit Viveca de sa voix haut perchée. Tu as l'air… en forme.

Autrement dit : « Tu as une mine épouvantable », traduisit Henna. Mais ce n'était pas cela qui la blessait le plus. C'était de constater que, de toute évidence, Viveca était surprise que sa demi-sœur ait l'audace de respirer le même air qu'elle.

Face à la silhouette de mannequin glamour perchée sur le bord du sofa, une tasse de thé à la main, Henna se sentit soudain invisible, alors qu'elle avait choisi avec soin sa propre tenue – un tailleur gris perle, sobre et élégant.

— Je… Merci, répliqua-t-elle, butant sur les mots.

Naturellement, Viveca ne s'aperçut pas de son trouble – Henna était toujours guindée en sa présence. Mais Aleksander…

— Je voulais…

Pourquoi était-elle venue, au juste ? Elle ne savait plus. En revanche, Viveca sauta sur l'occasion.

— Oh ! tu tombes bien, j'allais reprendre une tasse de thé. Tu te souviens que j'adore le thé, n'est-ce pas ? Aleksander ?

Sa demi-sœur s'était tournée vers lui en souriant, comme si elle était en droit de lui offrir du thé dans *son* salon.

L'espace d'une seconde, Henna fut paralysée, submergée par un horrible sentiment d'impuissance, de colère, de souffrance et de rejet. Et tout cela devant Aleksander.

Viveca l'avait traitée en servante dès l'instant où sa mère avait épousé Gustav, le père d'Henna, six mois avant la mort de celui-ci. Mais depuis son installation au Palais, dans l'aile réservée aux logements du personnel, Henna n'avait plus eu à se plier aux exigences de sa demi-sœur. En outre, Viveca savait très bien que son rôle ne consistait pas à préparer du thé ou du café. C'était une pique, une provocation. Elle voulait voir jusqu'où elle pouvait aller avant de faire craquer sa demi-sœur.

Eh bien, elle allait être déçue. Il avait fallu des années à Henna, et un événement particulièrement brutal, mais elle avait appris les règles de ce petit jeu malsain.

Elle carra les épaules et tourna la tête vers Aleksander.

— Si un membre du personnel a négligé son devoir envers une ou un invité, permettez-moi d'en informer le Secrétaire Privé de la Maison royale, Majesté.

Sachant très bien qu'il s'agissait d'une menace en l'air, aucun des deux serviteurs présents ne réagit. Mais ils retenaient leur souffle. Le Roi allait-il prendre parti pour son invitée au détriment du personnel, ou l'inverse ?

— Avez-vous réglé le problème du rendez-vous avec l'ambassadeur de France ?

Henna sentit la colère monter en elle. Sa réaction était causée par le fait qu'Aleksander évitait de prendre parti, se convainquit-elle. Pas parce qu'il considérait Viveca comme une fiancée potentielle…

— Naturellement, Majesté.

Quand il la regarda en plissant les yeux, Henna comprit, trop tard, que sa voix avait trahi ses émotions.

Aleksander se leva et se dressa devant elle.

— Mademoiselle Olin ? fit-il avant de traverser la pièce en l'invitant à le suivre d'un geste de la main.

Une fois arrivé devant la porte, il s'arrêta pour la laisser passer devant lui. Mais à l'instant où Henna allait s'excuser, il leva l'index pour la faire taire.

Non seulement elle avait fait preuve d'une impolitesse grossière envers lui, mais elle l'avait fait devant le personnel et son invitée.

Elle entrouvrit à nouveau les lèvres pour s'excuser, mais il haussa un sourcil, comme pour lui rappeler qu'elle ne devait pas prendre la parole avant qu'il ne la sollicite. Elle se mordit la lèvre, regrettant que l'arrogance ne fasse que rehausser sa beauté et son charme virils.

Tout, dans la physionomie d'Aleksander, reflétait sa personnalité, comme ne manquait pas de le répéter la presse internationale. Quant à Henna, elle était convaincue qu'il cultivait délibérément cette aura de mystère, mais elle avait découvert qu'elle pouvait le deviner. Il exerçait un contrôle d'acier sur son tempérament, sur le langage de son corps et sur ses expressions faciales, mais pas sur ses yeux.

Si elle ne l'avait pas connu *avant* – avant qu'il ne change à la fin de l'adolescence –, elle n'aurait pas pu interpréter son regard. Mais elle se rappelait le garçon chaleureux, rieur et taquin rencontré quatorze ans plus tôt, le jeune prince qui l'avait présentée à sa sœur, lui donnant du même coup une amie, puis, plus tard, un travail et un foyer.

Cet Aleksander-là ne ressemblait en rien à l'homme impérieux qui lui faisait face à cet instant, les yeux étincelants, presque menaçant.

— Vous ne pouvez pas l'épouser, lança Henna sans réfléchir. C'est tout bonnement *impossible*.

Aleksander pensait exactement la même chose, mais peu importait. Personne n'osait lui parler ainsi. Sauf Henna. Elle avait toujours été différente, reconnut-il fugacement.

— Et qu'est-ce qui vous fait penser que je pourrais envisager…

— Je ne suis pas stupide, Majesté, coupa-t-elle, avant de s'interrompre, les joues écarlates.

S'il n'avait pas été maître de ses propres réactions, il l'aurait tancée. Mais Henna réagit comme s'il l'avait fait et recula en baissant la tête.

— Expliquez-vous, ordonna-t-il.

— Au cours de ces dernières semaines, vous avez pris toutes les mesures nécessaires pour protéger Freya, mais lorsque la presse découvrira la vérité, vous ne pourrez plus faire grand-chose. Les fiançailles de Marit seront utiles, certes, mais seul votre mariage pourra garantir la stabilité qui sera ébranlée par l'annonce de l'infertilité de Freya.

Aleksander haussa un sourcil.

— Continuez.

— Par conséquent, il serait bon que vous puissiez vous afficher avec votre future reine au moment où les fiançailles de vos deux sœurs seront annoncées publiquement. Cela vous permettrait de montrer votre déférence envers elles et d'annoncer ensuite les vôtres, et de tester l'opinion publique quant au choix de votre future épouse.

Il serra les mâchoires. S'il était aussi transparent…

— Étant la seule personne à être au courant des fiançailles des deux princesses, et du diagnostic concernant Freya, il est facile pour moi de…

S'interrompant, elle haussa les épaules. Sans doute pour ne pas mettre l'accent sur le fait qu'elle avait deviné ses intentions. Aleksander inclina la tête de côté, résolu à tempérer l'impétuosité d'Henna, lorsque, à sa grande stupeur, elle l'interrompit de nouveau, avant même qu'il ait ouvert la bouche.

— Et puis, vous m'aviez questionnée à propos de Viveca il y a trois semaines.

Henna était trop bien pour Freya, songea-t-il. Avant de se dire qu'il n'aurait pu trouver mieux pour seconder sa sœur durant toutes ces années. Henna avait toujours été là pour elle, et aussi pour Marit quand celle-ci se sentait trop seule et trop négligée par leurs parents. Henna avait été présente quand lui ne le pouvait pas. Et il en était venu à *trop* se reposer sur elle.

— Eh bien, pourquoi ne devrais-je pas épouser votre demi-sœur ?

Lui-même savait déjà pourquoi il ne *voulait* pas l'épouser.

Le regard neutre dont elle le gratifia… intrigua Aleksander. Elle lui cachait quelque chose et cela, il ne pouvait l'accepter.

— Henna… fit-il en fronçant les sourcils.

— On ne… On ne peut pas lui faire confiance, finit-elle par répondre.

— Pourquoi cela ?

— Je… Pour des raisons personnelles.

Inutile d'insister, elle n'en dirait pas plus.

— OK, mais cela ne m'aide pas à résoudre mon problème.

Cette fois, elle retint sagement la réplique, sans doute inappropriée, qui lui montait aux lèvres. Elle avait raison à propos de Viveca, et elle avait parfaitement compris la situation. Henna était efficace et discrète. Quelque temps plus tôt, il l'avait déjà mise dans la confidence concernant ses projets pour Freya et Marit. En théorie, sa propre situation ne devrait pas être différente.

Une sorte d'alarme se déclencha dans sa tête. Cela faisait des années qu'il ne faisait part de ses projets à personne. Depuis le drame auquel il lui suffisait de repenser pour en avoir le souffle coupé. Sa confiance avait été trahie une fois et il s'était juré que cela ne se reproduirait plus jamais. Il ne le permettrait pas. Mais sa tentative ratée avec Viveca était hélas la preuve qu'il avait besoin d'aide…

Henna le dévisagea en plissant le front, et il vit l'instant où son regard changea, comme si elle avait suivi le cours de ses pensées et réalisé…

— Oh ! non. C'est impossible, Majesté.

— Qu'est-ce qui est *impossible* ?

— Cela dépasse largement mes attributions.

— Freya est absente pour deux semaines.

— À vous entendre, on croirait que lorsqu'elle n'est pas là, je suis en vacances !

— Je suis le Roi.

— Et moi l'assistante personnelle de la princesse Freya, répliqua-t-elle du tac au tac

Il la foudroya du regard, mais elle se contenta de hausser un sourcil d'un air si provocateur qu'en d'autres circonstances, il aurait pu éclater de rire.

— Et donc a fortiori au service du Roi. Par conséquent, vous allez revoir votre emploi du temps. J'ai besoin que vous m'aidiez à me trouver une fiancée.

Sur ces paroles, Aleksander tourna les talons et regagna le salon.

2.

Henna s'était réveillée à 5 h 30 du matin avec un mal de tête épouvantable dont rien n'était venu à bout. Ni une séance rapide de yoga, ni les deux antalgiques, les trois tasses de café et le smoothie vert, préparé spécialement pour elle par le chef responsable de la restauration du personnel.

Elle tourna les yeux vers la pelouse impeccable au centre de laquelle Aleksander, en chemise blanche et pantalon beige, faisait face aux journalistes qu'il gratifiait d'un sourire éclatant. Ou, plus exactement, la version policée et aseptisée de sourire qu'il réservait à la presse.

Mais ce qu'Henna voyait en esprit, c'était Aleksander tel qu'il était lors du Vårbal – le Bal du printemps qui avait lieu chaque année au Palais –, vêtu de l'uniforme militaire blanc ivoire sur lequel ressortaient les passepoils de brocart doré soulignant les épaules et l'encolure, ainsi que les médailles lui constellant la poitrine.

C'était lui qui avait orchestré les retrouvailles de Freya et Kjell. Mais son plan avait échoué. Freya était revenue de Suède anéantie mais déterminée à remplir ses obligations royales. Et le soir du Vårbal, immobile aux côtés d'Aleksander, Henna avait vu, le cœur brisé, Freya dire adieu à l'homme qu'elle aimait, alors qu'elle n'aurait jamais dû être séparée de lui. La colère avait assombri le regard d'Aleksander, mais ce n'était rien comparé à la fureur d'Henna. Elle lui en voulait d'avoir manipulé Freya et de lui avoir infligé un surcroît de souffrance, même s'il estimait avoir agi en toute légitimité, en tant qu'aîné de la fratrie et Roi.

À ce moment-là, Henna avait eu l'audace d'exiger qu'il répare les torts qu'il avait causés. Un lien s'était alors créé entre eux, alors que tout les séparait, notamment l'ordre hiérarchique. Ils s'étaient compris. Elle avait osé lui donner un ordre, et il avait *obéi.* Quelque chose avait changé entre eux, et depuis cet instant, le regard d'Aleksander ne passait plus sur elle. Henna le sentait *s'arrêter* sur elle et à chaque fois, elle ressentait un désir incontrôlable, non pas de le fuir, mais d'aller vers lui.

Revenant au présent, elle se concentra sur Aleksander, toujours au milieu de la pelouse, entouré d'une bonne vingtaine de journalistes et de photographes. La façon dont il s'accroupit devant une petite fille pour lui serrer la main… Soudain, il se releva et, comme s'il avait senti les yeux d'Henna posés sur lui, il tourna la tête vers elle et leurs regards se croisèrent. Cela dura à peine une seconde, mais l'expression qui traversa les yeux sombres lui coupa le souffle et lui serra douloureusement le cœur.

Henna se détourna en se traitant de triple idiote. Parce qu'elle était désormais chargée de trouver une reine au roi de Svardia.

Une demi-heure plus tard, Aleksander vint la voir pour lui parler d'un organisme caritatif dont il était le fondateur et le président, et Henna membre actif.

— Vous allez être en retard, lui fit-elle remarquer au bout de quelques instants.

— Le Premier ministre n'appréciera pas d'attendre, mais il comprendra, j'en suis certain. Le P-DG de Nordact, en revanche… Pouvez-vous organiser une visite du Palais pour l'occuper ? Cela me ferait gagner, combien, une demi-heure ? demanda-t-il sans la regarder.

— Cela vous ferait gagner trois quarts d'heure, Majesté, et si vous aviez un secrétaire…

— Ce n'est pas ma faute si Anders a pris sa retraite lorsque mon père a abdiqué, coupa-t-il d'un ton brusque.

— Mais c'est à vous qu'il revient de lui trouver un remplaçant, déclara Henna avec calme. Quatre mois se sont écoulés depuis le départ d'Anders. Vous…

— Assez.

Elle pinça les lèvres pour réprimer une réplique mal avisée, consciente qu'Aleksander n'avait pas à se justifier. Aussi fut-elle surprise quand il ajouta :

— Je m'attendais à ce que Lars reste.

Lars, l'assistant calme et discret qui, après l'avoir secondé durant de longues années, avait donné sa démission du jour au lendemain.

— Où travaille-t-il, maintenant ? se risqua-t-elle à demander.

— J'ai entendu dire qu'il organisait des « formations d'assistant personnel », à des tarifs exorbitants.

Henna ne pouvait concevoir une chose pareille. La relation entre un membre de la famille royale et son assistant, ou assistante, était un lien unique. Elle repensa à l'e-mail lui offrant un poste qui l'éloignerait du Palais et de Svardia. Au lieu de le supprimer comme elle aurait dû le faire, elle l'avait conservé… Mais ce n'était pas le moment d'y penser.

— Il faut que nous discutions de vos… besoins, commença-t-elle prudemment.

Il la regarda en fronçant les sourcils, l'air mécontent. C'était pourtant lui qui le lui avait demandé !

— Nous devons d'abord planifier…

— Deux semaines.

Henna plissa le front.

— Quelque chose ne va pas ? demanda Aleksander.

— J'ai mal à la tête.

— Je sais ce que c'est.

Elle faillit rouler des yeux.

— Il nous reste deux semaines avant les fiançailles de Freya, enchaîna-t-il en enfonçant la main dans sa poche de pantalon. Elle doit être cultivée – niveau licence minimum.

— Très bien.

— De préférence inconnue de la presse à scandale, continua Aleksander d'un ton neutre.

Comme s'il cochait des cases sur une fiche médicale…

— Capable de gérer presse et manifestations publiques, enchaîna Henna.

Hochement de tête approbateur.

— Titre de noblesse, poursuivit-elle.

— Non.

— Pardon ? demanda-t-elle en levant les yeux de sa tablette.

— Ma future reine n'a pas besoin d'appartenir à la noblesse.

— Mais… et Freya ? Et Marit, quand elle a cru devoir remplacer Freya dans l'ordre de succession au trône ? Elle aurait dû épouser un noble, comme le requérait la législation royale.

— C'est difficile à comprendre, je sais, mais je connais par cœur la constitution de mon pays, Henna.

— Mais pourquoi échappez-vous à cette règle ?

— Vous pensez que mon titre ne suffit pas pour nous deux ?

Nous. Ce simple petit mot la fit tressaillir, comme s'il l'incluait.

— J'ai un rendez-vous à 13 heures, reprit Aleksander en se dirigeant vers la porte.

— Et moi à 12 h 30, riposta-t-elle. Et à l'extérieur.

Il se retourna, leurs regards se croisèrent, et, mortifiée, Henna ne put s'empêcher de rougir comme une idiote.

— Je fais un bout de chemin avec vous, dit-il d'un ton neutre. Nous en profiterons pour poursuivre cette conversation.

Tout en marchant à côté d'elle, Aleksander repensa au jour où il l'avait découverte dans une allée du labyrinthe. Quel contraste entre l'adolescente désespérée d'alors et la jeune femme efficace et déterminée de maintenant ! À l'époque, il avait été ému par la souffrance évidente d'Henna et, d'instinct, avait voulu l'aider. Mais quand il lui avait tendu la main, elle avait reculé, comme s'il portait déjà la couronne et qu'un mur invisible le séparait de tous ceux qui l'approchaient. Notamment de sa petite amie, qui détestait être mise en avant à cause de sa relation avec le Prince héritier. De son père, qui l'abreuvait d'enseignements et de cours en tout genre. De sa mère, toujours impeccable, même après le départ des journalistes. Mais lorsque Henna avait glissé la main dans la sienne, ce contact avait fait tomber le mur invisible. Elle lui avait spontanément accordé sa confiance et, par la suite, elle avait fait preuve d'une loyauté sans faille envers la famille royale.

— Que diriez-vous de Sonja Hund ?

Il songea à la DAF travaillant dans le secteur bancaire, une blonde séduisante bien connue des organismes caritatifs pour son dévouement.

— Non. Elle est sur le point de lancer une opération contre le P-DG de Lungrandst, ce serait…

— De mauvais goût… ?

— Aux yeux de la presse internationale. Ma fiancée ne peut pas être vue comme plus…

— Puissante ?

— Plus *combative* que moi. Et Marian Fastvold ?

— Accro au jeu.

— Ah oui ? fit-il, stupéfait.

Lui qui se targuait de deviner les gens, il n'avait jamais rien remarqué…

— Oui, acquiesça Henna. Envisageriez-vous d'épouser une anglophone ?

Aleksander tiqua.

— Ce serait peut-être plus délicat. À moins qu'elle ne parle couramment au moins une langue scandinave.

— Natassia Malthe ?

Bien vu. Lui-même n'avait pas songé à la femme d'affaires norvégienne qui correspondait parfaitement au profil.

— Quel âge a-t-elle ?

— Vingt-huit ans.

— Et vous pensez qu'elle serait susceptible d'accepter ?

Henna réfléchit un instant.

— Oui, je crois.

— Il faudrait procéder en douceur.

— Naturellement, Majesté.

— Je parle sérieusement, répliqua Aleksander en fronçant les sourcils.

— Moi aussi, Majesté. Cela peut se faire très discrètement.

— De quelle façon ? Existerait-il à mon insu une cabale secrète d'assistantes personnelles ?

— Tout à fait. Et la première règle de cette cabale secrète est de ne pas parler de la cabale secrète.

Sur ces mots, elle le laissa en plan devant l'entrée latérale du Palais, tandis qu'il se demandait quel était son parfum, dont les effluves de rose bulgare et de concombre commençaient à le rendre fou.

Le soir venu, Aleksander les sentait encore, comme s'ils s'étaient incrustés dans ses vêtements alors qu'Henna ne l'avait pas touché une seule fois.

— Nous en reparlerons à Öström avec les autres.

— Entendu, répliqua-t-il, le téléphone collé à l'oreille. Mais je ne changerai pas d'avis. En menaçant ma sœur, Ilian Kozlov a franchi la ligne rouge et aucun retour en arrière n'est possible.

Ce salaud avait osé s'en prendre à sa famille ! Aleksander avait haï tous ses échanges avec l'oligarque russe, mais en tant que membre de la même organisation secrète, il n'avait pas pu éviter de côtoyer cet individu répugnant.

Lui-même avait été initié et introduit dans l'organisation par celui qui, peu avant sa mort, lui avait tout appris concernant les affaires. Constituée de certains des individus les plus fortunés et les plus influents du monde, l'organisation avait pour but de soutenir – en secret –, ceux qui voulaient faire avancer le monde dans le sens du progrès. De son côté, Kozlov avait hérité de son adhésion quelques années plus tôt, mais il représentait tout l'opposé de ce que les autres membres défendaient.

— Exclure un membre de l'organisation ne s'est pas fait depuis *très* longtemps, et pas sans raison valable.

— Cela fait trop longtemps qu'il est impliqué dans des trafics illégaux, et qu'il s'en est toujours sorti parce qu'il fait partie de l'organisation. Nous *devons* mettre un terme à ses agissements plus que douteux.

— Kozlov en sait trop. Une fois exclu, il deviendra incontrôlable. Par conséquent, si vous souhaitez le faire exclure, vous devrez être très clair quant à vos motivations.

— Je suis on ne peut plus clair.

— Et votre ami grec, il sait quelque chose, à propos de l'organisation ?

— Non. Lykos Livas connaissait déjà Kozlov avant

de m'approcher, et il est venu vers moi uniquement parce qu'il avait appris que je détenais des actions de Kozlov Industries.

— Impressionnant, ce Livas.

— En effet.

À tel point qu'Aleksander espérait initier son beau-frère et le faire entrer dans l'organisation, mais il était trop tôt pour aborder le sujet. Le plus urgent, c'était de régler la question Kozlov.

— Quand il a compris que Lykos aurait bientôt les moyens de le faire tomber, Kozlov a menacé Marit à cause de sa relation avec lui. Mais il sait qu'elle est ma sœur et il connaît les règles. Ma famille est intouchable.

Et quiconque s'y attaquait…

— À bientôt, à Öström, conclut Aleksander avant de mettre fin à la conversation.

Se levant de son fauteuil, il traversa son bureau privé et, un verre de whisky à la main, passa au salon où il s'installa dans l'un des deux sofas en cuir moelleux installés de chaque côté de la cheminée. Il aimait regarder le feu, contempler la danse inlassable des flammes, mais ce soir, il ne voyait que les yeux noisette d'Henna.

L'amie et assistante personnelle de Freya était la personne idéale pour l'aider dans sa recherche de fiancée. Même s'il n'avait *aucun* désir de se marier. Il devait le faire pour une seule raison : avoir un héritier. De façon à ce que Freya – qui ne pouvait porter un enfant jusqu'à terme –, ne subisse aucune pression de la presse qui, sinon, s'acharnerait sans pitié sur elle et interpréterait sa situation comme un échec personnel.

Aleksander serra le poing. Le monde pouvait être si cruel… Les membres de la famille royale n'avaient pas droit à la moindre erreur, au moindre faux pas ni au moindre répit. Sinon, le retour de manivelle pouvait entraîner des conséquences tragiques.

« Je suis désolée. »

Les paroles de Kristine résonnèrent dans son esprit, mais il les chassa avec une gorgée de whisky.

« Moi aussi », répliqua-t-il mentalement avant de refouler aussitôt le chagrin qui rejaillissait en lui.

— Je pense que vous formeriez le couple parfait, dit Henna en soulevant un dossier posé sur son bureau.

— Et moi je pense que vous avez perdu l'esprit ! répliqua Natassia Malthe en riant.

Grâce à ses contacts, qui ne formaient pas vraiment une cabale, Henna avait réussi à joindre la femme d'affaires norvégienne qui, manifestement, l'avait rappelée par pure curiosité.

— Son statut royal vous effraie ? demanda-t-elle, intriguée.

Natassia était connue, et enviée, pour son assurance et son sang-froid.

— Pas du tout. Mais il y a roi et roi.

— Aleksander est parfois… commença lentement Henna.

— Difficile ? Lunatique ? Manipulateur ?

Il avait des défauts, certes, mais aussi des qualités.

— Je ne peux pas dire le contraire, répliqua-t-elle. Mais c'est aussi un homme agréable et charmant. Il n'a guère le temps de le montrer, c'est vrai, il a un pays à diriger. Mais…

— Insinueriez-vous qu'Aleksander serait un… agneau déguisé un loup ? l'interrompit son interlocutrice avec humour.

— Non… Mais…

Natassia éclata de rire au bout du fil.

— Mais il vous respectera, vous et votre carrière, poursuivit Henna. Vous serez bien traitée et il vous laissera entièrement libre de gérer votre vie à votre guise. Vous pourrez par ailleurs profiter de votre statut pour obtenir tout ce que vous voudrez. Peu de femmes pourraient en dire autant.

— Effectivement. Mais est-ce suffisant ?

— Il ne m'appartient pas de répondre à cette question. Il vous faudrait le rencontrer pour le savoir.

— C'est un homme superbe.

Henna s'interdit tout commentaire.

— OK, soupira Natassia. Comment voyez-vous cette rencontre ?

Après lui avoir donné toutes les précisions concernant le rendez-vous, Henna la salua et raccrocha, puis contacta le chef de la sécurité du Palais pour mettre en place les mesures nécessaires. Mais tout en conversant avec lui, puis avec le directeur du restaurant où aurait lieu le dîner, elle continuait de songer à l'e-mail resté dans sa boîte de réception. Elle y avait répondu après sa discussion avec Aleksander, les remerciant et leur demandant un délai de réflexion avant de leur donner une réponse. Ce n'était pas un mensonge : elle avait besoin de temps pour réfléchir.

Dorénavant, Freya aurait moins besoin d'elle en tant qu'amie et soutien, et davantage en tant qu'assistante. Cette perspective attristait Henna. Elle se sentait… perdue. Si elles avaient aussi bien travaillé ensemble, c'était à cause du lien qui les unissait. Or si leur relation changeait, son rôle changerait aussi, forcément. Et alors, que deviendrait-elle ? De son côté, Marit s'épanouissait grâce à sa relation avec Lykos Livas et envisageait d'assumer davantage de responsabilités au sein de la famille royale. Et une fois qu'Aleksander se serait trouvé une fiancée…

Une peur atroce s'insinua en elle, lui rappelant le changement drastique qui avait suivi la mort de son père.

P-DG d'une entreprise high-tech, Gustav Olin avait bâti un immense empire financier, mais après la mort de sa femme, quelques semaines après la naissance d'Henna, il avait confié la direction de la société à un fidèle collaborateur afin d'élever lui-même sa fille. L'amour qu'ils partageaient était merveilleux, infini. Jusqu'au jour où, au moment de Noël, il avait commencé à tousser. Au cours de l'année suivante, il avait eu beau consulter des spécialistes réputés et faire plusieurs séjours à l'hôpital, il avait perdu du poids, de l'énergie et avait vieilli précocement. Mais son amour pour sa fille n'avait jamais faibli.

Henna avait bien vu qu'il s'inquiétait pour son avenir, jusqu'à ce qu'il fasse la connaissance d'une amie d'un ancien partenaire en affaires. Marcella, marquise, avait vite accepté de l'épouser et de s'occuper d'Henna. En échange, Gustav avait garanti la sécurité financière de sa fille.

Sachant que l'avenir d'Henna était assuré, il avait terminé sa vie en paix. Elle-même ne lui avait bien sûr pas fait part de ses craintes, alors que dès sa première rencontre avec Marcella, elle avait pressenti ce qui l'attendait. Elle s'était consacrée entièrement à son père et avait passé le plus de temps possible avec lui. Ils jouaient aux cartes et bavardaient gaiement. Mais tout en faisant bonne figure, Henna se préparait à la perte inéluctable, alors qu'elle avait déjà tant souffert de l'absence de sa mère.

Sauf que lorsque son père était mort, rien ne s'était passé comme Henna l'avait imaginé. Elle avait été submergée par un chagrin d'une telle violence qu'elle en avait été anéantie – et n'avait pas vu les changements que Marcella commençait à opérer dans la maison. La propriété avait été morcelée, modernisée. Un architecte d'intérieur avait transformé tout ce qu'Henna avait connu en un univers complètement étranger.

Et maintenant, elle avait l'impression de revivre le même phénomène. Elle voyait les choses changer autour d'elle mais ne réagissait pas, comme autrefois. Non, c'était différent. À présent, elle avait le choix. Ou bien elle se laissait entraîner par un courant nouveau, ou bien elle restait là sans réagir comme naguère, au risque d'être emportée par un tsunami.

Peut-être que cette proposition reçue par e-mail était un signe l'invitant à avancer. Elle tombait à pic, en tout cas. Alors, si Henna voulait vraiment aller de l'avant, elle aiderait Aleksander à se trouver une fiancée et ensuite, elle pourrait refermer ce chapitre de sa vie et en entamer un autre.

Le fait qu'il faille quinze agents de sécurité, trois gardes rapprochés, un embargo médiatique et une heure et demie de trajet pour arriver au restaurant, expliquait sans doute qu'Aleksander ne s'offre jamais de rendez-vous semi-confidentiel. Quant à ses relations privées avec les femmes, il lui fallait prendre des précautions *inouïes* pour qu'elles passent totalement inaperçues de la presse.

Ces relations – toutes de courte durée, avec des partenaires recherchant comme lui du plaisir et rien que du plaisir – lui suffisaient. Il en était ainsi depuis Kristine. D'un côté, il détestait que son ombre plane toujours au-dessus de lui, mais de l'autre, il appréciait ce rappel. Parce qu'il ne devait jamais oublier la leçon. Surtout maintenant. Il devait toujours se rappeler qu'il ne pouvait faire confiance à *personne*.

Les souvenirs du passé tourbillonnèrent en lui, ravivant la souffrance dont il ne voulait pas. Et lorsque la limousine s'arrêta devant l'entrée privée du restaurant étoilé, Aleksander les refoula impitoyablement, déterminé à profiter au maximum de la compagnie d'une femme aussi séduisante qu'intelligente.

Il traversa les cuisines, salua d'un hochement de tête le personnel et le chef, puis s'avança vers le maître d'hôtel qui s'inclina devant lui avec déférence à l'entrée de la salle – complètement vide.

Au moment où Aleksander s'asseyait, la double porte s'ouvrit, si bien qu'il se redressa aussitôt pour accueillir celle qu'il espérait voir devenir sa reine.

Son regard s'abaissa de lui-même sur les pieds chaussés d'escarpins à talons d'une hauteur impressionnante. En vérité, il n'avait jamais vu Natassia Malthe qu'en photo, dans les journaux dont lui-même faisait régulièrement la une. Aussi fut-il surpris par l'impact produit sur lui par la vue des chevilles fines et des mollets galbés. La robe de velours noir moulait les cuisses et les hanches, faisant naître en lui des images torrides qui provoquèrent la réaction immédiate sur sa libido. Lentement, il remonta jusqu'à la taille de guêpe et s'interdit de s'attarder sur le buste. Mais quand il leva les yeux…, il en eut le souffle coupé.

— Je suis désolée. Natassia a…

— Elle m'a posé un lapin, dit-il sans laisser Henna finir sa phrase.

Aleksander jura en son for intérieur, puis, ce fut plus fort que lui, il éclata de rire.

3.

Henna le dévisagea avec incrédulité. Il y avait quelque chose de cynique, dans le rire d'Aleksander, et une bonne dose d'autodérision.

Perplexe, elle s'avança vers la table trônant au centre de la salle du restaurant. En venant sur place pour lui annoncer que Natassia avait été retenue ailleurs, elle ne s'attendait pas à être bien reçue, mais à le voir maintenant se tenir les tempes, elle regrettait de ne pas lui avoir passé un simple coup de fil.

Cependant, maintenant qu'elle était là, elle ne pouvait pas l'abandonner dans cette salle déserte.

Elle s'arrêta à un mètre de la table et inclina la tête avec respect.

— Majesté, je…

Il redressa la tête et plongea son regard pénétrant dans le sien.

— Si vous êtes venue pour me soutenir, Henna, autant laisser tomber tout cérémonial, l'interrompit-il avant de détourner les yeux.

— Très bien, Aleksander, reprit-elle, pas très à l'aise de s'adresser à lui par son prénom. Natassia est sincèrement désolée, mais des circonstances imprévues d'ordre personnel l'ont retenue au tout dernier moment.

Silence. Jusqu'à ce qu'il tourne les yeux vers elle et que cette fois, elle soit frappée par la chaleur émanant de son regard. Mais l'éclat brûlant s'était déjà évanoui, comme si Aleksander l'avait éteint, et, lâchement, elle en fut soulagée.

— Asseyez-vous, dit-il en désignant la chaise faisant face à la sienne, de l'autre côté de la table ronde dressée pour deux.

L'embarras d'Henna redoubla. Elle était tout à fait consciente de la robe qu'elle avait choisi de porter, parce que… eh bien, elle ne pouvait pas se présenter dans un restaurant étoilé en tenue de bureau pour annoncer au Roi qu'on lui avait *posé un lapin*, en effet.

Mais elle était fatiguée, elle mourait de faim et n'appréciait pas qu'Aleksander lui donne des ordres quand il était de cette humeur.

— Non, merci, se contenta-t-elle de dire poliment. Je vais m'en aller.

— Asseyez-vous, Henna.

— Bien, Monsieur, dit-elle avec calme en s'asseyant en face de lui.

— Cessez de m'appeler *Monsieur*, ordonna-t-il, les mâchoires crispées.

— Dans ce cas, cessez de vous comporter comme un…

Henna se mordit la langue. Avait-elle vraiment été sur le point de traiter le roi de Svardia de *goujat* ?

À sa grande surprise, Aleksander éclata à nouveau de rire et soudain, l'atmosphère changea complètement. Jugeant sans doute que la voie était libre, le maître d'hôtel s'avança vers leur table en souriant et leur tendit à chacun un menu. Aleksander étudia le sien d'un air concentré, tandis qu'elle-même parcourait le sien en ne pouvant se débarrasser de l'impression qu'en réalité, c'était *elle* qu'il observait avec attention.

Après leur avoir demandé s'ils préféraient de l'eau plate ou de l'eau gazeuse, le maître d'hôtel leur expliqua qu'ils pouvaient choisir les plats proposés à la carte, mais que le chef avait concocté un menu spécial qui était, à son humble avis, *excellent*.

— Merci, Jakob, nous vous faisons confiance, répliqua Aleksander en prenant doucement la carte des mains d'Henna avant de rendre les deux au maître d'hôtel.

Elle s'autorisa à sourire, avec réticence. Il y avait de la provocation dans l'attitude d'Aleksander, mais aussi de la complicité, et cela faisait bien longtemps qu'elle n'avait vu cette lueur pétiller dans les beaux yeux sombres. La lueur éclairant ceux du garçon d'autrefois. Du *vrai* Aleksander.

— Alors, je me comporte comme un… ?

— Seulement dans certaines occasions, comme celle-ci, riposta Henna, choquée par sa propre audace.

— Dans certaines occasions ? répéta-t-il en haussant un sourcil.

— Oui, lorsque vous êtes livré à vous-même, vous avez tendance à vous transformer en…

— Monstre ?

— Non. Disons… en sauvage. Ou peut-être plutôt une…

— Restons-en là, l'interrompit-il. Cela me suffit.

Il inclina la tête de côté et la dévisagea quelques instants en silence, faisant frissonner Henna.

— Racontez-moi ce qui s'est passé entre vous et Viveca.

Quand il vit Henna pâlir, Aleksander regretta presque sa question. Mais il n'était ni stupide ni aveugle. Quelque chose s'était passé entre elle et sa demi-sœur, et Henna en souffrait. Et, ne souhaitant pas s'encombrer d'un problème supplémentaire – il en avait déjà suffisamment –, il préférait se débarrasser de celui-là. Mais pour ce faire, il devait d'abord savoir ce qui était arrivé.

— Cela ne vous regarde pas, déclara Henna, crispée.

Elle tendit la main vers son verre d'eau, referma les doigts autour du pied fin, puis le porta à ses lèvres. Il avait tort d'être aussi attentif à cette femme qui, de toute évidence, était furieuse contre lui. Mais il ne s'agissait pas seulement de colère. Henna refoulait sa souffrance, une souffrance énorme, exactement comme autrefois dans le labyrinthe, et Aleksander n'aimait pas la voir ainsi. Il n'avait jamais aimé voir quiconque souffrir.

— Si vous me dites ce qui s'est passé, j'engagerai un secrétaire, proposa-t-il, conscient que, ces temps derniers, elle avait abattu une somme de travail colossale.

Cette fois, ce fut elle qui éclata de rire. D'un rire incrédule teinté d'une légère ironie, et sincère, qui le ravit.

— Il vous faut un secrétaire *et* une fiancée. Faites attention à ne pas les confondre, lança-t-elle avec humour.

— Les journalistes auraient de quoi faire, répliqua-t-il sur le même ton.

— Et le service des relations publiques du palais aurait du pain sur la planche, renchérit Henna.

La complicité et l'humour empreignant l'atmosphère, renforcés par l'éclat de la flamme de la bougie posée sur la table, firent du bien à Aleksander, mais l'ambiance détendue ne dura pas. Il vit Henna repenser à sa question, devina le combat qui se livrait en elle et son hésitation à se confier. Il la regarda sans dire un mot, jusqu'à ce qu'elle pousse un long soupir et repose son verre sur la table.

— Vous vous rappelez que je suis restée à Svardia lorsque Freya est partie étudier en Suisse ?

Aleksander acquiesça d'un hochement de tête. Sa sœur avait tout fait pour obtenir de leur père la permission de passer trois ans dans une université suisse. Elle désirait ardemment être indépendante, sans protection rapprochée, sans assistants, sans femme de chambre. Leur père avait feint d'accepter, mais avait envoyé en secret un garde du corps, Kjell, pour la surveiller à distance. Les deux jeunes gens étaient tombés amoureux l'un de l'autre, et lorsque Freya avait découvert la vérité, elle en avait été dévastée.

— Je suis allée à l'université de Torfarn, poursuivit Henna. C'est un endroit formidable, les cours étaient fantastiques. Je… ne souhaitais pas vivre ailleurs qu'ici, dit-elle, comme pour s'excuser d'aimer son pays. Et c'est là-bas que j'ai rencontré Nils.

Il serra malgré lui les poings sous la table, avant de se ressaisir aussitôt.

— Nils était étudiant en biologie, mais son colocataire et moi avions plusieurs cours en commun. Il était…

Elle leva enfin les yeux vers lui et hocha la tête.

— Il était calme, décontracté, facile à vivre. Avec lui, je me sentais bien, en sécurité.

De la nostalgie colorait sa voix, comme si elle éprouvait toujours le même besoin de sécurité et de bien-être.

— Quand il m'a demandé si je voulais l'épouser, je n'ai pas hésité. Tout me paraissait évident. Je pensais passer toute ma vie avec lui, fonder une famille. Vivre avec lui, c'était si différent de ce que je vivais avec Viveca et sa mère. Pas de crises d'hystérie, de drames… Il était calme et…

— Inoffensif, acheva Aleksander à sa place.

Elle acquiesça d'un hochement de tête puis leva la main et passa les doigts dans sa frange.

— Je ne voulais pas qu'ils se rencontrent. Je craignais que Marcella et Viveca ne fassent qu'une bouchée de Nils et qu'il s'enfuie. Et ne veuille plus de moi.

Aleksander ne savait pas où menait ce récit, mais il détestait l'idée qu'Henna puisse craindre d'être repoussée à cause d'une harpie et d'une mégère avec lesquelles elle n'était même pas parente.

Du coin de l'œil, il vit le serveur hésiter sur le seuil de la salle et lui fit signe discrètement d'attendre.

— Mais je l'ai quand même invité à venir à la maison et, curieusement, tout s'est bien passé. Ma belle-mère s'est montrée charmante, et Viveca a été fidèle à elle-même, c'est-à-dire qu'elle nous a ignorés tous les deux quasiment tout le temps – ce qui me convenait parfaitement, ajouta Henna avec un sourire tremblant.

Elle fixa un instant la flamme de la bougie avant de poursuivre.

— Et un jour, environ deux semaines plus tard, je suis rentrée chez moi et ai tout de suite remarqué que le lit n'était pas fait. Ce n'était pas grave – je me suis dit que Nils devait être parti précipitamment ce matin-là. Mais quand j'ai secoué la couette, une boucle d'oreille de Viveca a voltigé dans les airs. C'était un long pendant en or, et s'il était là, ce n'était pas par hasard.

Cette fois, elle s'interrompit et baissa les yeux sur son assiette vide, le visage blême.

— Ma sœur tenait à ce que je sache qu'elle avait couché avec mon fiancé.

Aleksander avait imaginé Viveca brutale et froide, mais il comprenait maintenant qu'elle était foncièrement méchante.

Se méprenant sur la cause de leur silence et de leur immobilité, le serveur s'approcha et déposa le premier plat sur la table.

— Qu'avez-vous fait ? demanda Aleksander, sans se soucier de la présence du serveur.

— Rien, répondit Henna en reprenant son verre.

— Comment cela, rien ?

— J'ai fait le contraire de ce que Viveca attendait, dit-elle en levant enfin les yeux vers les siens. J'ai rompu mes fiançailles et ne leur ai jamais parlé ni à l'un ni à l'autre de ce qui était arrivé.

— Vous ne leur avez pas demandé d'explications ? s'exclama-t-il, choqué.

— Non.

— Viveca s'en est bien sortie !

— Ma demi-sœur est une manipulatrice. Elle recherchait l'affrontement, le drame. J'ai refusé de lui faire ce plaisir.

Il comprenait son raisonnement. Le peu de temps passé avec Viveca lui avait suffi pour savoir qu'Henna disait vrai. Mais garder en soi une telle souffrance, ne jamais en parler… Il savait ce que cela coûtait.

— Je suis désolé, dit-il, sincère.

Désolé de l'avoir interrogée, de l'avoir forcée à raconter cette histoire horrible. Désolé qu'elle ait vécu une telle épreuve. Parce qu'il *reconnaissait* la souffrance qui ternissait l'éclat mordoré de son regard.

Henna hocha la tête en silence. Elle n'avait jamais parlé de cet épisode sordide à personne. De l'épreuve terrible qu'elle avait traversée. Elle se revit dans la chambre, devant le lit. Durant quelques instants, elle avait été tentée d'ignorer la boucle d'oreille.

Sur le moment, elle s'était sentie profondément humiliée que Nils ait couché avec Viveca, mais sa plus grande blessure, la cause de sa honte, c'était d'avoir envisagé un instant de fermer les yeux sur ce qui s'était passé entre son fiancé et sa demi-sœur. Son désir de sécurité, d'avoir une maison où elle serait de nouveau chérie et aimée, était si puissant qu'elle se serait menti à elle-même et aurait nié avoir vu la boucle d'oreille.

Même Freya ne savait rien de cette histoire. À son retour de Suisse, sa rupture avec Nils remontait déjà à loin. Et son amie avait elle-même été si dévastée par le chagrin d'avoir perdu Kjell, l'homme qu'elle aimait et qui lui avait menti, qu'Henna n'avait pas eu le loisir de s'épancher et de lui parler de son propre chagrin. Elle avait aussitôt repris son rôle et réintégré le studio qu'elle occupait au Palais avant le départ de Freya.

— Natassia a-t-elle vraiment eu un empêchement de dernière minute ? demanda soudain Aleksander en la regardant droit dans les yeux.

Inutile de mentir, il ne le méritait pas.

— Je n'y crois qu'à moitié, je le reconnais.

— Intéressant, répliqua-t-il en prenant une fine tranche de saumon.

— Peut-être a-t-elle entendu les rumeurs concernant… vous et Reina…

— Michaels ! s'exclama-t-il en claquant des doigts.

— Il était aussi question d'un uniforme de femme de chambre… ?

— Oui. C'est fort possible, dit-il, sans le moindre embarras.

— Je peux en savoir davantage ?

— Certainement pas !

Henna ne put retenir un sourire.

— J'ai bien essayé de trouver une remplaçante, mais cela s'est avéré plus difficile que je ne le pensais…

Quand il la regarda en plissant les yeux, elle n'aurait su dire pourquoi, mais leur échange devint plus intime. Presque… amical.

— À qui vous êtes-vous adressée ?

— Agnes Ullman.

Il fit une petite grimace.

— Aïe. Non, elle est…

— Et à Ingrid Harr.

Une sorte de grognement échappa à Aleksander.

— Ne me reprochez pas d'être difficile – je le reconnais, dit-il avec un sourire renversant.

— Ah ? Je ne l'avais pas remarqué.

Il sourit de nouveau et attaqua son saumon avec appétit. Non seulement il semblait apprécier le plat préparé spécialement pour lui par le chef, mais à en juger par la lueur éclairant ses yeux, il appréciait tout autant d'être taquiné.

Brusquement, Henna réalisa que personne ne devait l'avoir taquiné depuis une éternité. Pas depuis qu'il était monté sur le trône, en tout cas. Et probablement pas depuis sa rupture avec Kristine. Après cela, Aleksander était devenu un être complètement différent. Elle fut tentée de lui demander pourquoi. Il l'avait bien interrogée sur son histoire personnelle. D'un autre côté, elle ne voulait pas briser la magie de ces instants.

— OK, vous ne voulez pas m'expliquer, pour l'uniforme de femme de chambre, j'ai compris. En revanche, vous pourriez peut-être m'expliquer en quoi le miel…

Cette fois, elle fut interrompue par une bordée de jurons qui la laissa un instant sans voix.

— Comment avez-vous entendu parler de ce détail, bon sang !

— La cabale secrète…, chuchota-t-elle avant de boire une gorgée de vin blanc.

Nouveau juron, aussi cru que les précédents. Puis il s'appuya à son dossier et la dévisagea avec un mélange de stupeur et… d'admiration.

Le serveur réapparut et fit disparaître discrètement les assiettes, tandis qu'un autre remplaçait le vin blanc par du rouge et en versait dans deux autres verres, avant de changer les couteaux et de disparaître silencieusement.

Et pendant tout ce temps, Aleksander soutenait le regard d'Henna qui, de son côté, avait du mal à ne pas détourner les yeux. Parce qu'elle n'aurait pas dû se trouver là et qu'au départ il n'avait pas rendez-vous avec *elle*. Son cœur se mit à battre la chamade, une chaleur infernale se déploya en elle, dans tout son corps.

Obligée de détourner les yeux, elle croisa le regard de l'un des gardes rapprochés se tenant à côté de l'entrée de la salle, et le petit sourire accompagné d'un léger hochement de tête lui rappela qu'elle faisait partie comme lui du personnel.

Elle n'était qu'une remplaçante, et il ne lui appartenait pas non plus de taquiner le Roi. Son rôle se bornait à l'aider à se trouver une fiancée.

— Avez-vous…

Henna s'éclaircit la voix.

— Avez-vous une autre femme en tête ?

Dans l'immédiat, il n'en avait qu'une seule en tête. Une femme terriblement séduisante et attirante qu'il ne pourrait jamais toucher. Parce que celle dont il avait besoin ne devait lui inspirer que de l'indifférence. Or, ce qu'il ressentait face à Henna Olin…, Aleksander pouvait affirmer avec certitude que c'était tout sauf de l'indifférence.

Le serveur revint avec le plat principal et se lança dans des explications détaillées auxquelles Aleksander ne prêta pas la moindre attention. De son côté, Henna gratifia le jeune homme d'un sourire sincère. Il n'y avait rien d'artificiel dans la chaleur qu'elle témoignait aux gens qui l'entouraient. Les pertes et les souffrances ne l'avaient pas abîmée. L'espace d'un instant, il l'envia d'être restée elle-même en dépit des dures épreuves qu'elle avait traversées.

— Peu importe, répondit-il à retardement.

— C'est très important, au contraire, répliqua-t-elle d'un ton léger.

La légèreté n'était plus de mise. Ni la complicité.

— Non, cela n'a aucune importance, insista-t-il. N'importe laquelle conviendra.

Le regard d'Henna se posa sur ses mains appuyées fermement sur la table. Il devait lui faire comprendre qu'il disait vrai. Pas parce qu'elle allait l'aider à trouver sa future épouse, mais parce qu'ils avaient brouillé la frontière qu'il avait eu tant de mal à dresser entre eux.

Il n'aurait jamais dû lui demander de dîner avec lui. S'il ne l'avait pas vue dans cette robe, s'il n'avait pas vu la façon dont elle le regardait… Non. Il ne rejetterait pas la faute sur Henna. Il connaissait ses propres limites. Elles s'étaient profondément ancrées en lui lorsque Kristine lui avait dit ce qu'elle avait fait. Lorsqu'il avait réalisé la perte de ce qui aurait pu être et ne serait jamais.

— Henna, je vais être clair. Celle que j'épouserai, quelle qu'elle soit, devra savoir que l'amour n'entrera pas en ligne de compte. C'est totalement exclu. Je lui procurerai tout ce qu'elle voudra, tout ce dont elle aura besoin, et elle me donnera un héritier. Et, dès le départ, il sera entendu qu'elle ne devra s'attendre à aucun engagement émotionnel de ma part.

Aleksander avait renoncé à trop de choses, perdu trop de choses pour envisager toute autre possibilité.

— Tout ce que j'ai, tout ce que je fais, c'est pour Svardia, poursuivit-il. *Rien d'autre* n'a d'importance.

La délicate roseur colorant les joues d'Henna disparut, l'éclat de son regard s'éteignit. Elle reposa calmement son couteau et sa fourchette sur son assiette. Aleksander resta de marbre. Il ne pouvait s'autoriser aucune émotion, aucun sentiment. Il avait aimé une fois et ne s'y risquerait plus jamais. Parce qu'il ne survivrait pas à la perte et à la désillusion auxquelles l'amour conduisait inexorablement.

Elle hocha la tête, les yeux fixés sur son assiette.

— Dites-moi que vous comprenez, Henna. J'ai besoin de vous l'entendre dire.

Quand elle leva les yeux, l'expression de son regard lui fit l'effet d'une gifle.

— Vous avez été très clair, en effet. Vous avez choisi cette voie pour des raisons qui vous appartiennent, mais c'est infliger un dur châtiment à votre future fiancée, dit-elle d'un ton franchement accusateur.

— Si elle accepte de m'épouser, ce sera en connaissance de cause, répliqua-t-il sèchement.

— Je comprends, Majesté. Mais je regrette, je refuse de participer à votre… projet.

Aleksander serra les mâchoires et hocha la tête. Henna posa sa serviette blanche sur la table à côté de l'assiette à laquelle elle n'avait pas touché, repoussa sa chaise en arrière et se leva.

— Majesté, dit-elle avec calme.

Puis sans attendre sa réaction, elle se détourna et sortit de la salle de restaurant.

Ce ne fut qu'en voyant réapparaître le serveur qu'Aleksander réalisa qu'il avait contemplé si longtemps la porte par laquelle Henna avait disparu, que le contenu de sa propre assiette était froid. Mais il avait eu raison. Il avait fait ce qu'il devait faire. Et il aurait réussi à s'en persuader si les effluves de rose et de concombre n'avaient pas continué de flotter dans l'atmosphère, comme pour se moquer de lui et lui prouver qu'il se mentait à lui-même.

4.

Henna contempla l'écran en écarquillant les yeux. Deux jours avaient passé depuis le « dîner » avec Aleksander. Elle avait espéré qu'un peu de distance entre eux suffirait à effacer le souvenir de cette étrange soirée, mais au contraire, il revenait sans cesse la hanter. Et à chaque fois qu'elle repensait à la chaleur du regard remontant sur son corps, à l'éclat brûlant irradiant des sublimes yeux bruns qui avaient ravivé le désir qu'elle croyait éteint à jamais, son cœur s'emballait de nouveau, comme ce soir-là.

Le désir n'était pas mort. Il n'avait fait que sommeiller. Autrefois, ç'avait été un simple béguin d'adolescente. Mais maintenant… C'était un feu dévorant, un désir passionné voué à l'inassouvissement, comme Henna se le répétait dès qu'elle le sentait monter en elle. Quant à l'épouvantable mariage sans amour qu'envisageait Aleksander, elle refusait d'y penser.

Puis soudain, les appels avaient commencé.

« Henna, reprogrammez mon rendez-vous au consulat de Russie. »

« Henna, organisez une vidéoconférence avec le Premier ministre britannique pour jeudi après-midi. »

Dix demandes de ce type rien que le premier jour. Voyant cela, elle avait décidé de filtrer ses appels. Et alors, les e-mails s'étaient succédé.

Et quand elle avait ouvert le dernier, celui qu'elle avait devant les yeux, Henna avait carrément poussé un cri.

De : SAR Aleksander

À : Henna Olin

Objet : URGENT

12 avril 11 :45

J'ai un retard de vingt minutes et le P-DG de Nordstad Enterprises est déjà arrivé. Vous vous occupez de lui ?

À bout de patience, elle se leva et quitta son bureau avant d'exploser, puis décida d'aller prendre l'air dans les jardins du Palais pour tâcher de retrouver son calme.

Depuis quelque temps, elle ne se reconnaissait plus, reconnut Henna en resserrant son châle autour de ses épaules – il faisait bon, mais la brise était encore fraîche. D'habitude, elle faisait son travail avec plaisir, heureuse de rendre service et de trouver des solutions à toutes sortes de problèmes en apparence insolubles. Elle aimait lisser les aspérités, calmer les uns et les autres, et se comparait volontiers à une cheffe d'orchestre éprise d'harmonie. Mais depuis le Vårbal, les notes discordantes s'enchaînaient. Pire, c'était le chaos, dans son esprit et dans son corps.

Dès qu'elle voyait le nom d'Aleksander apparaître dans sa boîte de réception, son pouls s'accélérait, son cerveau cessait de fonctionner, et un courant brûlant la parcourait tout entière. Immanquablement, Henna revoyait le regard avide se promenant sur elle et un torrent d'images torrides déferlait dans son esprit.

Un gémissement jaillit de ses lèvres, faisant s'envoler un oiseau posé sur la branche basse d'un arbre immense. Elle ne pouvait pas travailler dans cet état. Elle ne pouvait pas vivre comme ça. Aleksander était le frère de sa meilleure amie. Il était roi. Et un jour très proche, il épouserait une femme envers laquelle il n'éprouverait absolument rien.

« L'amour n'entrera pas en ligne de compte. C'est totalement exclu. »

Le crissement du gravier la fit sursauter. Elle se retourna et s'immobilisa, le cœur battant à tout rompre.

— Henna…

— Vous m'avez fait peur !

— Et vous, vous m'avez *encore* interrompu ! riposta Aleksander avec colère. Le P-DG de Nordstad est reparti avant mon arrivée, et je n'ai vraiment pas besoin de mauvaise publicité en ce moment. J'ai trois rendez-vous cet après-midi et je ne sais même pas de quoi il s'agit.

Il leva la main vers sa tempe et la laissa retomber.

— Vous avez rendez-vous avec le Chef de cabinet. Le coordinateur chargé de la préparation des fiançailles de Freya souhaite finaliser le déroulement de la soirée, et Sven a besoin d'informations concernant les délégués du Japon.

— Pourquoi ai-je *aussi* rendez-vous avec Anita Bergqvist ? demanda-t-il.

— Parce qu'il vous faut un secrétaire ! s'exclama Henna, exaspérée. Maj…

Elle s'interrompit et inspira profondément. Aleksander était sollicité de toutes parts. Il régnait depuis quatre mois à peine et le monde entier guettait sa première erreur. Ses moindres faits et gestes étaient épiés, à chaque instant. Sa vie devait être un enfer.

— Aleksander, reprit-elle gentiment. Vous avez *vraiment* besoin d'un, ou d'une, secrétaire.

— J'en suis tout à fait conscient, répliqua Aleksander, les mâchoires serrées. Mais je n'ai *vraiment* pas le temps de former quelqu'un. Vous ne pourriez pas…

Il s'interrompit. Il n'allait tout de même pas la supplier ?

Il ne suppliait jamais. Qu'avait donc Henna pour le déboussoler à ce point, bon sang ?

— Vous allez devoir trouver le temps, répliqua-t-elle en se détournant. Parce qu'il vous faut impérativement…

— Mais vous pourriez le faire bien plus rapidement, lança-t-il en la regardant s'éloigner.

Elle tourna la tête et haussa un sourcil – ce qu'il n'aurait toléré de la part de personne d'autre, en aucune circonstance.

— Vous pourriez passer par votre cabale secrète pour me trouver quelqu'un, enchaîna-t-il.

— De nos jours, on dit plutôt *assistant*, ou *assistante* personn…

— Henna, appelez-le, ou la, comme vous voudrez, je m'en contrefiche. J'ai seulement besoin…

Seigneur, il déraillait complètement !

— Vous pouvez le dire, vous savez ? Ce n'est pas un aveu de faiblesse.

— Vous vous égarez, répliqua-t-il, offensé.

Cela faisait plus de dix ans qu'Aleksander n'avait demandé d'aide à quiconque. En vérité, il n'avait pas eu à le faire, surtout depuis son accession au trône. Mais, dans ce cas précis, rien ne fonctionnait comme il l'aurait souhaité. Quant à Henna, il s'appuyait beaucoup trop sur elle, et il n'appréciait vraiment pas ce rapport de dépendance.

— Que faites-vous ici, de toute façon ? demanda-t-il, irrité de devoir recourir à ce revirement pour changer de sujet.

— *J'essayais* de m'éclaircir les idées.

— Je voulais dire : que faites-vous ici *maintenant* ? explicita-t-il en la rattrapant.

Idiot ! Il venait de révéler qu'il savait que, chaque soir, elle empruntait ce chemin. Il l'avait vue une première fois depuis la fenêtre de son bureau, trois ans plus tôt, et depuis ce jour, il avait adopté la même routine. Parce que la marche quotidienne d'Henna coïncidait avec le moment où il buvait son whisky avant de quitter son bureau, tout simplement. Pas pour une autre raison.

— J'avais besoin de m'éclaircir les idées plus que d'habitude, dit-elle en remontant son châle sur ses épaules.

Ce geste attira l'attention d'Aleksander sur le cou mince, et sur un petit grain de beauté, juste au-dessous de l'oreille, qu'il n'avait pas encore remarqué.

— Et vos trois rendez-vous ? demanda-t-elle sans le regarder.

Il leva la main, agacé par la réaction sans équivoque de sa libido.

— J'ai besoin moi aussi de m'éclaircir les idées, déclara-t-il, furieux de constater que le contrôle de ses sens lui échappait.

Quand il vit apparaître un petit sourire au coin des belles lèvres d'Henna, Aleksander ne regretta pas de faire attendre son Chef de cabinet. Un silence étrange s'installa alors entre eux, troublé seulement par le crissement du gravier sous leurs pas. Lentement, une sensation oppressante se répandit dans sa poitrine, une sorte d'étau se resserra autour de lui…

— Lorsque mon père est tombé malade…, commença alors Henna d'une voix douce. Lorsqu'il a réalisé combien c'était… *grave*, nous avons instauré un petit rite. Nous sortions marcher chaque jour, tant qu'il a pu marcher. Il me posait des tas de questions, mais il débutait toujours par celle-ci : « Qu'est-ce qui t'a fait sourire, aujourd'hui ? » Il était curieux de tout ce qui me concernait, et particulièrement de ce qui me rendait heureuse.

Trois pensées traversèrent l'esprit d'Aleksander. Il songea d'abord à Henna et à ce qu'elle avait vécu, et perdu. Puis au fait que son propre père ne se souciait pas de savoir si son fils était heureux – seul lui importait que son héritier fasse de son mieux pour Svardia. Et enfin… au fantôme de ce qui aurait pu être, et le simple fait d'y penser lui causa une douleur atroce, même après tout ce temps.

— Cela prouve que vous aviez un père merveilleux, dit-il en s'efforçant d'ignorer la souffrance qui lui labourait la poitrine.

— Oui, il était merveilleux, acquiesça-t-elle avec chaleur. Il n'était pas obligé d'arrêter ses activités professionnelles pour m'élever, mais il l'a fait. Et, durant ces neuf années précieuses, je me suis sentie aimée et chérie, et rien, pas même le chagrin, ne me reprendra jamais cela.

L'intensité de l'amour d'Henna pour son père demeurait incompréhensible à Aleksander. Mais il le voyait, dans les yeux noisette brillant de beaux reflets mordorés, sur les traits fins et réguliers, et il l'envia. En même temps, il prit ses paroles pour une ligne de démarcation à ne pas franchir. Une description de ce qu'elle attendait de la vie – comme il le savait déjà. Henna avait une nature généreuse et aimante, et elle méritait de rencontrer un homme capable de lui apporter cette même qualité d'amour et de dévotion.

— Il aurait été fier de vous, dit Aleksander avec la plus grande sincérité.

— Vous croyez ? répliqua-t-elle avec un petit rire étouffé.

— Oui. Vous avez voyagé dans le monde entier…

— Avec Freya.

— Et vous menez l'ambassadeur de France par le bout du nez.

Cette fois, elle éclata d'un rire franc et mélodieux qui enchanta littéralement Aleksander.

— Ça, c'est vrai, dit-elle en hochant la tête.

Ils étaient arrivés devant l'entrée du labyrinthe. Elle baissa les yeux, puis les leva vers lui, le regard indéchiffrable.

— Avez-vous trouvé… une candidate appropriée ?

Il repensa à Tuva Paulin. Ils se rencontraient de temps

en temps dans les cercles qu'ils fréquentaient tous les deux, et il avait remarqué qu'ils avaient quelques intérêts en commun. Elle était futée, intelligente, et équilibrée. Fille d'un acteur et d'une actrice célèbres, elle était sensibilisée à la question des médias, appréciée et respectée. Et sur le plan émotionnel, Tuva Paulin irradiait un mélange d'assurance et de froideur qui faisait d'elle la candidate idéale.

— Oui. Nous dînons ensemble demain soir.

Lorsque Henna hocha la tête en silence, il regretta une fois encore de ne pouvoir deviner ce qu'elle en pensait ou ce qu'elle ressentait. Avant de se fustiger aussitôt. Qu'avait-il à faire de ce qu'elle pensait ou ressentait, bon sang !

Après l'avoir saluée brièvement, Aleksander regagna le Palais pour son premier rendez-vous de l'après-midi.

Henna relut une troisième fois l'e-mail de la DRH répondant à celui dans lequel elle demandait plus de précisions sur le poste qu'on lui proposait.

C'était trop beau pour être vrai…

Elle dirigerait le service Relation Clients, superviserait trois assistants, aurait un nombre hallucinant de jours de congé annuels, des perspectives de voyages à l'étranger, la possibilité d'opter pour le télétravail, une allocation-logement conséquente… Car, le siège de la société étant basé à Londres, elle devrait quitter Svardia et émigrer en Angleterre.

Plissant le front, Henna relut encore une fois la phrase répondant à la question posée à Véronique, la DRH.

« Pourquoi m'avez-vous choisie ? »

« Parce que vous êtes la meilleure. »

Qui pouvait leur avoir dit une chose pareille ? Freya ? Avait-elle pensé que le moment était venu pour son assistante et amie de prendre son envol ? Ou bien parce que, consciente de tous les changements qui allaient affecter leurs vies, Freya prenait les devants pour éviter d'éventuels incidents…

Henna venait d'éteindre son ordinateur lorsque le téléphone sonna. Après avoir jeté un coup d'œil à sa montre, Elle souleva le combiné en plissant le front. À 19 h 30, il ne pouvait s'agir que d'un problème…

— Ah, tu es encore là ! Je suis vraiment content de t'avoir au bout du fil. Tu as les infos, pour demain ?

— Non. Le Roi était censé te les donner directement.

— C'est ce qu'il avait dit, en effet. Mais la délégation japonaise arrive demain matin à 9 heures et ils ne savent pas quoi préparer, en cuisine.

— Appelle-le, répliqua Henna, sachant que Sven ne le ferait pas.

— Henna, s'il te plaît… supplia-t-il. Il est d'une humeur détestable depuis deux jours et nous avons déjà eu une employée en pleurs. Tu es la seule à pouvoir obtenir quelque chose de lui.

— Tu te trompes complètement.

Gémissement à l'autre bout du fil.

— OK, OK, fit-elle en roulant des yeux. Je m'en occupe.

Tendue, elle se dirigea vers le bureau d'Aleksander avec réticence. Chaque fois qu'elle le voyait, c'était le chaos en elle, mentalement et physiquement. Elle se comportait comme une idiote, disait et faisait des choses absurdes, avant de se maudire de perdre ainsi son sang-froid.

Henna s'arrêta devant la porte du bureau, inspira à fond, et frappa.

— Entrez, dit la voix courroucée d'Aleksander.

Elle ferma brièvement les yeux, puis ouvrit la porte et entra dans le repaire du Roi.

La lumière du soir baignait la pièce, lui donnant un aspect différent de celui auquel Henna était habituée. Du feu crépitait dans l'âtre en dépit de la température printanière. Elle remarqua le verre de whisky à moitié plein posé sur la tablette en marbre, puis tourna les yeux vers le bureau éclairé par une lampe ancienne et sur lequel s'empilaient des dossiers. La porte donnant sur le salon adjacent était ouverte, et Aleksander apparut soudain, en train de boutonner sa chemise. Henna détourna les yeux en rougissant, comme prise en flagrant délit de voyeurisme.

Lorsque, après s'être éclairci la voix, elle osa le regarder, la chemise était boutonnée jusqu'au col et il avait noué sa cravate. Et pourtant, elle se fit l'impression d'être une intruse. D'avoir enfreint son intimité.

— Qu'y a-t-il ? demanda-t-il d'un ton brusque en ajustant ses boutons de manchette.

— Sven a besoin d'instructions concernant la délégation japonaise qui arrive demain, dit-elle avec effort. En cuisine…

Aleksander l'interrompit d'un geste et se pencha au-dessus de son bureau pour prendre un dossier. Elle le regarda faire, fascinée par la façon dont l'étoffe blanche s'étirait sur le torse musclé, puis baissa les yeux sur les hanches étroites mises en valeur par un élégant pantalon noir. Des vibrations montèrent en elle, du plus profond de son être, des frissons brûlants la parcoururent…

Quand il lui tendit le dossier, elle le saisit mais Aleksander ne le lâcha pas, si bien que ses doigts se trouvèrent tout proches des siens. Une expression de surprise traversa les yeux sombres, bientôt remplacée par un éclat farouche. La chaleur infernale envahit aussitôt Henna, son cœur se mit à battre à un rythme sauvage, le sol se déroba sous ses pieds…

— Je démissionne de mes fonctions.

Les mots avaient jailli tout seuls, les surprenant tous

les deux. Aleksander recula, et, tenant toujours le dossier, entraîna Henna dans le mouvement.

Les paroles d'Henna lui parvinrent à travers une sorte de brouillard, mais il les entendit distinctement. Elles fusèrent dans son esprit, dissolvant sa concentration et mettant à mal la retenue qu'il avait de plus en plus de mal à garder vis-à-vis d'Henna.

— Très bien.

Non, évidemment ! Il n'y avait *rien* de bien dans cette décision – même si celle-ci n'aurait pas dû le surprendre. Quant à Henna, elle le dévisageait en silence, visiblement choquée par sa réaction stupide.

— Henna…

Elle lui arracha le dossier de la main et recula en secouant la tête, comme pour si elle avait reçu une gifle. C'en fut trop pour Aleksander. Il s'avança vers elle, l'attira vers lui et, durant quelques instants, ils restèrent ainsi face à face, le souffle court. Jusqu'à ce qu'il fasse l'erreur de plonger le regard dans le sien.

Leurs lèvres se rejoignirent d'elles-mêmes. Il ne savait pas ce qu'il désirait le plus – découvrir le goût de sa bouche, sentir son corps contre le sien, où se repaître de son essence de femme. Il ne savait qu'une chose : il voulait *tout* d'elle.

Le baiser d'Henna apaisa la bête sauvage qui rugissait en lui depuis deux jours. Le dossier tomba sur le sol, elle referma les doigts sur sa chemise et s'y agrippa. Le désir aveugla Aleksander. Il lui posa la main sur la nuque et lui renversa la tête pour approfondir le baiser tandis qu'elle lui ouvrait sa bouche sans opposer la moindre résistance

Il referma la main sur un sein épanoui et exulta de triomphe en sentant le cœur d'Henna battre à tout rompre sous sa paume. Une force incontrôlable avait pris possession de lui, et cette perte de contrôle avait quelque chose d'enivrant et de suprêmement irritant à la fois. Aleksander redoubla d'ardeur et dévora la bouche offerte, mais quand Henna lui répondit avec la même fougue, il ne put s'empêcher de se réjouir, au plus profond de lui-même, d'avoir trouvé son égale.

Le goût d'Henna le rendait fou, lui faisait tout oublier. Où il se trouvait, qui il était, qui *elle* était. Et lorsqu'elle enroula une jambe autour de la sienne pour resserrer encore leur étreinte, que le corps souple et doux se pressa contre son érection, Aleksander laissa échapper une plainte rauque. Sans réfléchir, il souleva Henna, pivota sur lui-même et, la serrant contre lui d'un bras, il tendit l'autre et débarrassa le bureau d'un geste avant de l'asseoir dessus. Elle le regarda, les yeux étincelants de désir, écarta les jambes, et, sans plus attendre, il lui glissa une main autour de la taille pour l'attirer contre lui. Un halètement franchit les lèvres pulpeuses. Des éclats de jade et d'ocre incendièrent les yeux d'Henna tandis qu'elle creusait les reins pour mieux sentir la puissante érection.

— Encore, ordonna-t-il, son plaisir attisant le sien.

Voyant une lueur d'hésitation traverser son regard, il la serra plus étroitement contre lui. Elle renversa la tête en arrière et poussa un cri qui exacerba le désir d'Aleksander. La gardant serrée contre lui, il remonta la jupe sur les cuisses nues et fit glisser ses doigts jusqu'à l'endroit où il brûlait de poser ses lèvres.

Les halètements d'Henna le grisaient, l'affolaient. Jamais encore il n'avait ressenti cela. Il ne s'en lasserait jamais, il avait un besoin vital de cette femme. Il s'imprégna d'elle, avide d'atteindre des hauteurs encore jamais soupçonnées. Le désir lui brûlait la poitrine. La chaleur montait inexorablement en lui…

Lorsque, soudain, Aleksander entendit le tic-tac de la pendule posée sur la cheminée et redescendit brutalement sur terre. Il réalisa où il se trouvait, qui il était – et qui l'attendait dans un restaurant à cinq kilomètres du Palais.

Il poussa un juron, haut et fort. Puis, le souffle court, il appuya son front moite contre celui d'Henna.

— Il faut que j'annule le dîner avec Tuva.

— Comment ? demanda-t-elle en écarquillant les yeux. Non ! C'est impossible !

— Pardon ? fit-il, interloqué.

De brûlant, le regard d'Aleksander devint glacial.

Le cœur d'Henna lui tambourinait la poitrine, elle avait un mal fou à se concentrer.

— Je… Nous ne…

Elle avait les lèvres gonflées par leurs baisers. Son sexe palpitait, réclamait…

Alors qu'une femme attendait Aleksander dans un restaurant. Tuva Paulin, qui deviendrait peut-être son épouse.

Une sensation de vertige la gagna.

— Cela n'aurait pas dû arriver. Je…

Horrifiée, Henna descendit précipitamment de son perchoir.

— Henna…

Elle sortit de la pièce en courant, à l'instant où la première larme roulait sur sa joue.

5.

Le combiné claqua sur son support. Rien ne se passait comme prévu. Rentrée depuis deux jours, Marit assumait désormais ses devoirs royaux, mais elle n'avançait pas assez vite, forcément.

Après s'être entretenu avec lui, son Chef de cabinet lui avait fait parvenir plusieurs CV de candidats susceptibles de convenir au poste d'assistant personnel, mais aucun des profils ne convenait. L'un était trop jeune, un autre trop âgé… Bref, il devrait pour l'instant s'accommoder de l'intérimaire envoyé par l'agence, et espérer qu'Anita Bergqvist, l'Intendante de la Maison royale, lui trouve la perle rare. Ce n'était pas son rôle, mais, comprenant qu'il fallait faire quelque chose, elle lui avait proposé son aide avec une telle gentillesse qu'il l'avait acceptée.

En attendant, il croulait sous le travail, ballotté entre les obligations, les décisions provisoires… Et pendant ce temps-là, le monde entier l'observait, à l'affût du moindre faux pas. Aleksander n'était pas stupide, il savait qu'il avait besoin d'un assistant en qui il pourrait avoir confiance, mais il devait bien admettre que le départ de Lars avait représenté une perte de temps considérable pour lui. En outre, la question de confiance était *primordiale*. Il avait trop souffert autrefois des conséquences d'une décision prise à son insu – et que lui-même n'aurait jamais prise. Cette trahison l'avait anéanti. Le seul moyen de survivre avait été de se fermer à toute émotion. Par conséquent, Aleksander ne s'exposerait plus jamais à une telle souffrance.

À sa grande surprise, le dîner avec Tuva lui avait offert un moment de répit. Quand il l'avait rejointe au restaurant, elle avait coupé court à ses excuses avec la franchise qui la caractérisait, et joué cartes sur tables. Elle avait besoin comme lui d'un mariage dépourvu de tout engagement émotionnel et ce qu'il lui proposait lui convenait parfaitement. Ensuite, ils avaient bavardé tranquillement et décidé de réfléchir chacun de leur côté pour préciser leurs attentes réciproques, et de se revoir quelques jours avant les fiançailles de Freya.

Elle était parfaite, songea Aleksander, debout devant la fenêtre de son bureau. Lorsque, soudain, il réalisa qu'il scrutait les jardins dans l'espoir d'apercevoir Henna, qu'il n'avait pas vue depuis trois jours. Depuis… l'« épisode » auquel il s'efforçait en vain de ne pas penser. Elle l'avait toujours attiré, certes – il n'avait pas l'habitude de se mentir. Il l'appréciait et la respectait, et elle était en outre très belle. Mais le baiser avait vite échappé à tout contrôle. En l'espace d'une seconde, la sensualité s'était transformée en brasier, et Aleksander avait le sentiment d'avoir entrevu un univers inconnu. Ç'avait été l'expérience la plus érotique qu'il ait jamais vécue. Durant ces quelques instants, il avait oublié tout le reste. Ce qui prouvait combien cette femme était dangereuse.

Cependant, il ne rejetterait pas la faute sur elle. Henna avait raison : cela n'aurait jamais dû arriver. Non seulement parce que Tuva l'attendait, mais parce qu'il ne pourrait jamais offrir à Henna ce dont elle avait besoin. Et de son côté, elle ne serait jamais celle dont il avait besoin. Elle menaçait bien trop son équilibre émotionnel.

Le téléphone se mit à sonner. Il allait de nouveau être en retard, bon sang ! Empoignant le combiné, il écouta le torrent d'excuses de l'intérimaire. Après avoir réussi à planifier deux rendez-vous avec deux chefs d'État – que tout opposait – à la même heure, il avait paniqué et annulé les deux à la dernière minute.

Excédé, Aleksander reposa brutalement le combiné et poussa une bordée de jurons, sans se soucier d'être entendu par quiconque. Puis il se massa les tempes, regarda les notes qu'il comptait transmettre à cet incapable en vue de préparer son voyage à Öström, et ferma les yeux en soupirant.

Ce déplacement devait être organisé dans le plus grand secret. Il ne devait être consigné dans aucun document officiel, ne jamais être mentionné par la presse, et n'être connu qu'au sein d'un cercle très restreint. Mais la présence d'Aleksander était *indispensable*. Lykos ne connaissait pas toute la vérité sur sa relation avec Kozlov, mais Aleksander lui avait donné sa parole qu'il s'occuperait de l'oligarque russe. Il n'avait pas l'intention de fermer les yeux sur la menace que ce salopard avait osé lancer contre sa sœur, et cette affaire devait être réglée une fois pour toutes. Par conséquent, pas question de confier l'organisation de son voyage à un bleu qui venait d'annuler non pas un, mais *deux* rendez-vous avec des leaders mondiaux.

Il n'y avait plus à discuter. Quels que soient les problèmes que lui posait sa relation avec Henna, Aleksander avait besoin de son aide s'il voulait tenir jusqu'aux fiançailles de Freya – sans perdre son trône et son équilibre mental d'ici là.

Henna s'assit sur son lit et tourna les yeux vers la fenêtre de son studio. L'hiver avait bel et bien laissé la place au printemps, cette fois. Elle tressaillit en réalisant que l'hiver prochain, elle ne serait plus là. Ni au printemps.

Elle avait franchi le pas. Aucun retour en arrière n'était plus possible. Elle avait définitivement rompu tous les liens qui la reliaient à Freya, à Marit et à… Aleksander.

Une heure plus tôt, elle s'était décidée à appeler Freya, de crainte que celle-ci apprenne la nouvelle par Aleksander. Et aussi parce que, si elle avait repoussé le moment d'annoncer son départ à son amie, c'était qu'à ce moment-là, il deviendrait plus réel. Mais elle savait maintenant que c'était bien réel. Elle n'avait plus le choix.

« Tu ne peux pas faire ça ! »

La réaction de Freya l'avait en partie rassurée. Henna avait réalisé combien elle avait redouté que son amie se fiche de la voir partir, qu'elle ne la considère plus comme une sœur. D'un autre côté, si Freya l'avait suppliée de rester, elle aurait craint de lui céder. Ce qui était désormais impossible. À cause du baiser. Le baiser brûlant dont elle gardait l'empreinte sur ses lèvres.

Et comme elle ne pouvait pas raconter à Freya ce qui s'était passé avec Aleksander, elle avait, petit à petit, parlé de la proposition qu'elle avait reçue. En discuter avec son amie lui avait fait du bien et l'avait aidée à comprendre que c'était le bon moment pour elle de partir. Elle avait été parfaite dans son rôle d'assistante personnelle, mais elle s'était installée dans une routine qui ne lui apportait plus rien. Cela faisait même un moment qu'elle stagnait, avait réalisé Henna.

Elle aurait pu se passer de travailler. Son père lui avait laissé suffisamment d'argent pour qu'elle soit à l'abri du besoin jusqu'à la fin de ses jours. Elle aurait pu voyager, se lancer dans toutes sortes d'activités. Mais, incapable d'oublier ce qui était à l'origine de cette sécurité financière, Henna n'avait jamais touché à l'héritage de son père. D'autre part, elle *aimait* travailler et savait pertinemment qu'elle ne serait heureuse qu'en aidant les autres.

Elles avaient beaucoup pleuré toutes les deux, mais cet échange affectueux avait en partie apaisé la souffrance qui lui étreignait le cœur. Freya lui avait demandé de libérer leurs emplois du temps respectifs le jour de son retour afin qu'elles puissent passer toute la journée ensemble, et cela lui avait fait chaud au cœur.

Henna repensa tout à coup à la question de son amie :

« Dis-moi la vérité, Henna – c'est mon frère qui t'a fait fuir ? Il t'a découragée ? »

Pour la première fois de sa vie, elle avait menti à Freya :

« Non. Pas du tout ! »

Aleksander avait de nombreux défauts, mais il n'était pas un tyran. Elle savait ce qu'était que la tyrannie pour avoir subi celle de Viveca. Et puis, Henna ne pouvait oublier l'adolescent gentil et charmant, décontracté et drôle d'autrefois. Que lui était-il arrivé ensuite ? se demanda-t-elle de nouveau. Quel événement tragique avait transformé le garçon rieur en jeune homme fermé et sombre ?

C'était au début de l'année scolaire, Henna avait quinze ans à l'époque et lui dix-sept. Au lycée, on racontait qu'il avait rompu avec Kristine, parce qu'elle avait déménagé. Avait-il eu le cœur brisé ? Était-ce à cause de cela qu'il avait changé du jour au lendemain ? Mais dans ce cas, pourquoi ne pas avoir cherché à la retrouver plus tard, une fois devenu adulte ?

Des coups frappés à la porte l'arrachèrent à ses pensées. Elle alla ouvrir et se figea en voyant Aleksander au lieu de Sven ou Birgit, qui habitaient dans le même couloir qu'elle.

Il avait beau avoir l'air fatigué, il n'en était pas moins sexy… Les mains enfoncées dans ses poches, les manches de chemise roulées sur ses avant-bras, il dégageait un tel mélange de force et de sensualité viriles qu'elle le dévisagea en silence, le cœur battant la chamade.

Reprenant ses esprits, elle recula pour l'inviter à entrer

dans son studio, identique à ceux de ses collègues célibataires.

Aleksander s'avança jusqu'au milieu de la pièce, puis se retourna vers elle.

— J'ai besoin de toi, il faut que tu travailles pour moi, dit-il, le regard dénué de toute expression.

Une véritable fureur s'empara d'Henna, doublée d'une chaleur tout aussi incontrôlable. Non seulement il était trop beau, trop sexy, mais, en plus, il osait lui demander…

— Non.

Aleksander fulminait intérieurement. Personne ne lui disait jamais *non*. OK. Vu la façon dont ils s'étaient séparés après ce regrettable « épisode », sa demande avait quelque chose de déplacé, voire d'inacceptable, mais il n'en était pas moins le Roi, bon sang.

— Juste pour trois jours, concéda-t-il.

— Non.

Il serra les mâchoires pour retenir la réplique cinglante qui lui venait aux lèvres et inspira à fond pour se calmer, avant de le regretter aussitôt en humant les effluves sensuels du parfum d'Henna.

— Que proposes-tu, comme solution ?

— Tu pourrais commencer par prendre un assistant, par exemple, répondit-elle en soulevant un pull plié sur le lit.

Aleksander détourna aussitôt les yeux. La vue de ce lit ne les aiderait ni l'un ni l'autre. Il ne voulait pas être là. Il détestait devoir recourir à l'aide d'Henna, mais il n'avait pas le choix.

— En échange, tu peux demander n'importe quoi, lança-t-il sans la regarder.

— Vraiment ? *N'importe* quoi ? riposta-t-elle d'un ton franchement ironique en s'éloignant du lit.

Ne trouvant rien à répondre, il la regarda ouvrit un placard, ranger le pull dedans, avant de repartir en sens inverse pour prendre un chemisier posé sur le lit. Quand elle fit demi-tour, leurs regards se croisèrent, restèrent soudés un instant l'un à l'autre, puis Henna s'avança vers le placard.

Une large fenêtre dominait l'espace, une petite table rectangulaire était installée devant. Aleksander imagina Henna assise là le matin, les cheveux enroulés en chignon fait à la va-vite, et repoussant la frange de ses yeux comme elle le faisait souvent.

Bientôt, elle ne serait plus là, ne s'y assiérait plus...

— Quand commences-tu ?

— Dans un mois.

— Déjà ? s'exclama-t-il malgré lui.

Parce qu'il s'inquiétait pour Freya, bien sûr.

C'était si étrange d'être là. Il y avait quelque chose d'intime et de dérangeant dans le fait de partager cet espace avec Henna. Cour sur coup, Aleksander réalisa que c'était la première fois qu'il pénétrait dans le logement d'un membre du personnel, et que la surface totale de ce studio représentait environ la moitié de celle de son salon privé...

— De quoi as-tu besoin ? demanda soudain Henna.

Allait-elle accepter de l'aider ?

— Je dois me rendre dans un lieu secret pour participer à un événement tout aussi secret – et à l'insu de tous. En premier lieu de la presse, cela va sans dire.

Elle le foudroya du regard, les pommettes rose vif.

— Un événement ? répliqua-t-elle avec hauteur. Si tu crois *une* minute, que je vais t'aider à organiser un... un... rendez-vous *clandestin*...

— Non ! l'interrompit-il, horrifié qu'elle puisse le croire capable de lui demander un service de cette nature.

Puis il se rappela qu'il était allé rejoindre Tuva avec le

goût d'Henna sur sa langue et retint un juron. Il s'y prenait décidément comme un imbécile…

Il désigna la table et les deux chaises.

— Nous pourrions peut-être nous asseoir pour que je t'explique de quoi il s'agit ?

Le dos raide, elle s'assit, et il s'installa en face d'elle. La seule façon de la convaincre était de lui dire la vérité. Même si tout en lui protestait.

— J'ai un rendez-vous important avec plusieurs personnes qui ne doivent pas être vues avec moi pour différentes raisons – lesquelles n'ont rien d'illégal, rassure-toi. Alors j'ai besoin de ton aide pour brouiller les pistes durant deux ou trois jours.

— En quoi pourrais-je t'aider, au juste ? demanda-t-elle d'un ton neutre.

— Il faudrait que tu m'aides à mettre au point une couverture pour camoufler le vrai but et la vraie destination de ce voyage, que tu réceptionnes mes e-mails et autres messages, et que tu y répondes durant ces quelques jours.

— Pardon ? fit-elle en écarquillant les yeux.

C'était beaucoup lui demander, et à la dernière minute, en plus. Aleksander en était conscient.

— Nous partirions ce soir.

— Aleksander ! Tu ne…

— Je sais, je sais, dit-il en levant la main pour l'empêcher de continuer.

— Il me faut plus de précisions que cela, insista Henna.

— Non. Et je ne t'en donnerai pas davantage.

Il lui en avait déjà trop dit. Jamais il ne trahirait les secrets de l'organisation.

— Et il n'y a rien d'illégal ?

— Non, tu peux me croire.

La lueur qui traversa les yeux noisette le fit tressaillir Aleksander. Il avait tort de l'emmener…

— J'accepterai à une condition.

— Tout ce que tu voudras.

Seigneur, il fallait vraiment qu'il ait besoin d'aide…

Quand Henna se mordit la lèvre, il se prépara au pire.

— Je veux savoir ce qui est arrivé autrefois. Ce qui t'a rendu tellement méfiant que tu ne trouves pas d'assistant que tu juges digne de confiance, et que tu sois devenu si réfractaire à l'amour que tu envisages un mariage…

— Cela ne te regarde pas, trancha-t-il sèchement.

— Très bien. Alors, trouve-toi quelqu'un d'autre pour t'aider à brouiller les pistes.

Sur ces paroles, elle se leva tandis que, fou de rage, il frappait la table du plat de la main. Henna sursauta, mais ne se retourna même pas vers lui.

— Tu ne sais pas de quoi tu parles. Sinon, tu ne…

Aleksander s'interrompit et fixa la table.

— J'ignore de quoi il s'agit, en effet, mais je sais que cela te ronge et te pousse à faire des choses… qui pourraient s'avérer dangereuses et se retourner contre toi. Or tu ne peux pas te le permettre, Aleksander. Tu joues à la roulette russe avec tes rendez-vous, ton planning, et tu manipules les gens en croyant pouvoir les contrôler, mais tu te trompes.

C'était vrai en partie, impossible de le nier, mais il ne voulait pas l'entendre. Il se leva à son tour et se mit à arpenter le studio comme un ours en cage. Henna avait raison. Mais lui aussi. Elle ne se rendait vraiment pas compte de ce qu'elle lui demandait.

Il n'avait parlé à personne de ce qui lui était arrivé à dix-sept ans. Il ne savait même pas s'il trouverait les mots. Douze années avaient passé depuis, mais la souffrance demeurait aussi vive que si cela s'était passé la veille. Il continuait d'éprouver la même douleur atroce, le même mélange pernicieux de chagrin, de perte et de culpabilité.

S'il l'avait voulu, il aurait pu s'en aller sans un regard en arrière. Il trouverait bien un moyen d'aller à Öström, il n'était pas complètement stupide. Mais les paroles d'Henna avaient fait mouche. Il se sentait… acculé.

Le moment était venu de regarder son passé en face.

— Tout allait bien pour moi, commença-t-il lentement. Je peux même dire que j'étais heureux. J'étais le Prince héritier d'un beau royaume, j'avais d'excellents résultats scolaires, les cours du lycée me paraissaient simples et faciles, presque distrayants, comparés aux leçons privées de mon père visant à me préparer à mon futur rôle de monarque. En dépit de mon statut, j'avais des amis – des garçons et des filles, tous sympathiques et drôles, et aussi stupides que je l'étais parfois… Je ne manquais de rien. Et j'avais Kristine. Elle était…

— Adorable, dit Henna quand il s'interrompit.

Kristine avait quelque chose de différent qui la singularisait par rapport aux autres filles, et elle paraissait très attachée à Aleksander. On les voyait toujours ensemble.

— Tu te souviens d'elle ? demanda-t-il, l'air surpris.

Elle hocha la tête. Bien sûr qu'elle se souvenait de la fille qui avait mis un terme à ses fantasmes d'adolescente. Henna s'était entichée du beau prince qui l'avait trouvée dans le labyrinthe et grâce auquel elle avait rencontré Freya, mais elle avait vite compris que lui et Kristine entretenaient des liens puissants.

— Nous sortions ensemble depuis trois ans. Je pense que, en dehors du temps qu'elle passait avec moi, Kristine détestait mon statut de prince. Elle était d'un naturel timide.

Il arrêta de faire les cent pas et se retourna.

— Je le savais, au fond, mais je n'en tenais pas assez

compte. J'avais tort, soupira-t-il en s'asseyant sur le bord du lit.

À cet instant, il n'avait rien d'un roi, songea Henna en le regardant. Les coudes appuyés sur les cuisses, il contemplait ses mains et soudain, elle regretta de l'avoir interrogé. Elle ne voulait plus savoir ce qui était arrivé.

— Nous faisions attention mais… Kristine est tombée enceinte à la fin du dernier trimestre, juste avant les vacances d'été. Je lui ai dit que je souhaitais l'épouser. J'y avais réfléchi et je comptais en parler à mes parents. Je voulais que nous ayons notre enfant. Je… Je n'avais jamais rien désiré avec autant de force.

Quand il leva les yeux vers Henna, elle ne put douter de sa sincérité. Mais dans son regard, elle vit aussi l'intensité de sa souffrance.

— Je lui ai demandé d'attendre que je revienne vers elle après que j'aurais parlé à mes parents et elle a répondu qu'elle le ferait. Elle me l'a promis. Il fallait d'abord que je prépare ce que je dirais à mes parents mais, avant que je puisse leur parler, j'ai appris que Kristine et sa famille avaient déménagé du jour au lendemain et étaient partis à l'autre bout du pays. Je…

Il secoua la tête, comme s'il ne parvenait toujours pas à comprendre.

— J'ai réussi à convaincre un agent de sécurité de me conduire là-bas, et quand je suis arrivé, c'était… trop tard.

Le cœur d'Henna se serra douloureusement. Inutile de lui demander de quoi il parlait.

— Elle a tellement pleuré… Elle n'arrêtait pas de sangloter en m'expliquant qu'elle n'aurait jamais pu m'épouser. Elle m'a dit qu'elle n'aurait pas pu supporter d'être exposée aux médias, au public, que nous étions très jeunes tous les deux, que nous n'étions pas prêts. Et comme ça, a-t-elle ajouté, personne ne saurait jamais la vérité. Ce serait comme si ce n'était pas arrivé.

Aleksander la regarda en battant des cils pour refouler les larmes qui brillaient dans ses yeux.

— Peux-tu imaginer ce que j'ai ressenti quand elle m'a regardé dans les yeux et m'a dit en sanglotant que notre enfant n'avait jamais existé ? Ce que cela m'a fait de savoir que je ne pouvais rien y changer ? Et, pire encore, que j'avais été incapable de les protéger tous les deux… à cause de qui j'étais ?

Il battit de nouveau les cils.

— Personne ne saurait la vérité, répéta-t-il. Alors, je n'en ai parlé à personne. J'ai tout gardé en moi.

Mon Dieu, quelle horrible tragédie. Henna souffrait pour lui. Il avait été privé de soutien, d'affection et de compassion. Vivre un tel drame à dix-sept ans, ç'avait dû être terrible pour lui. Tant de chagrin, d'amour, de perte, de culpabilité…

— Jusqu'au jour où mon père m'a fait venir dans son bureau et m'a dit… de cesser de me *morfondre*.

— Il savait, murmura Henna, l'air horrifié.

Aleksander acquiesça d'un hochement de tête en repensant aux paroles de son père.

« Ma position de souverain m'oblige à savoir tout ce qui se passe dans mon pays. Et à veiller à ce qu'aucune erreur ne menace son équilibre. Ce rôle te reviendra un jour. »

— Il n'a pas… commença Henna.

Ce n'était pas la peine qu'elle termine sa phrase. Aleksander avait deviné la question restée en suspens.

— Mon père m'a dit que lorsqu'il était allé chez Kristine, elle et ses parents avaient déjà… pris une décision.

Le simple fait de prononcer ces mots lui déchirait le

cœur. Parce que le responsable de tout ce gâchis, c'était lui-même. Il sentit une main se poser sur son avant-bras et tressaillit. Henna s'agenouilla devant lui, le regard empli de compassion, de pitié… dont il n'avait que faire.

Doucement, il la repoussa et se leva en s'éclaircissant la voix.

— Eh bien, tu sais, maintenant. Et tu m'accompagnes à Öström.

Il avait satisfait sa condition – à Henna de tenir sa parole.

— Et nous ne reparlerons plus jamais de ceci, ajouta-t-il.

Elle hocha la tête.

— L'hélicoptère sera prêt à décoller à 16 heures, dit Aleksander avant de se détourner.

— Et Kristine ? Qu'est-elle devenue ? demanda doucement Henna.

— Elle a épousé un expert-comptable et ils ont trois enfants, répondit-il d'un ton neutre.

Puis, pressé de s'en aller, il ouvrit la porte et quitta la pièce.

6.

Assise à côté de lui dans l'hélicoptère qui s'élevait dans le ciel, Henna regarda Aleksander à la dérobée et sentit à nouveau son cœur se serrer à la pensée de ce qu'il avait vécu douze ans plus tôt. Elle songeait aussi à Kristine qui avait dû interrompre sa grossesse. Les deux jeunes gens s'aimaient, Henna n'en doutait pas un instant. Ç'avait dû représenter une épreuve terrible pour eux deux. Et lorsque Aleksander avait découvert… Son père savait tout et ne lui avait apporté ni soutien, ni réconfort…

Elle aurait tant aimé lui offrir tout cela, même après toutes ces années. Mais il n'accepterait rien d'elle. Désormais, il ne faisait plus confiance à personne, et pour lui, toute émotion représentait une menace. Il se sentait en outre responsable de ce qui était arrivé, de la souffrance qu'ils avaient partagée et de la perte de leur enfant. Et son projet de mariage sans amour était probablement une façon de punir le jeune homme passionné qu'il avait été.

Quant à ce voyage, Henna croisait les doigts pour que tout se déroule comme prévu… Cela n'avait pas été facile de convaincre les gardes rapprochés – ils obéissaient à leur Roi mais sans cacher leur désapprobation. Ils avaient fini par accepter de rester postés à proximité de la minuscule péninsule d'Öström.

Comme couverture, Henna et Aleksander avaient imaginé la visite d'une base militaire les obligeant à rester sur place durant trois jours, visite qui devait, de par sa nature même, avoir lieu dans la plus grande discrétion. Après le trajet en hélicoptère, ils rejoindraient Öström par la route, et dans le plus grand secret.

La population de la péninsule se réduisait aux six individus composant le personnel d'un hôtel si privé qu'il n'avait pas de site Internet et n'était mentionné nulle part. Henna n'en avait trouvé aucune photo et elle ne connaissait pas cette région. Elle ignorait combien de personnes participeraient aux réunions secrètes et leur identité. Elle savait uniquement que pendant qu'Aleksander serait avec eux, elle devrait tout gérer et, si nécessaire, se faire passer pour lui et répondre aux messages en son nom.

Ils n'avaient guère eu le temps de parler de ce qui se passerait après leur arrivée à Öström, et la présence des gardes rapprochés l'empêchait de poser la moindre question. Quant à Aleksander, il n'avait pas prononcé un mot depuis son bref échange avec le pilote et regardait fixement devant lui. Cependant, il avait changé d'attitude avec elle. Comme si, bien qu'ayant déclaré qu'il ne voulait plus jamais en parler, il se sentait plus léger d'avoir partagé son lourd secret.

Gunnar, qui, jusqu'à tout récemment, avait été le Chef du Service de Protection rapprochée de Freya, fit un signe discret à Henna pour l'inviter à activer ses écouteurs.

— Nous atterrirons dans quinze minutes sur l'héliport de la base militaire, mademoiselle Olin. À partir de là, c'est Aleksander qui prendra la direction des opérations.

— Gunnar…, soupira Aleksander. Les risques sont pratiquement nuls, vous avez pu examiner les lieux avant notre arrivée, par conséquent vous connaissez parfaitement le terrain et vous serez à moins de cinq minutes de nous en cas de problème. Vous n'avez *aucune* inquiétude à vous faire.

Peut-être… Mais Henna commençait à réaliser qu'elle allait encourir un risque *énorme* en se retrouvant isolée loin de tout avec Aleksander pendant trois jours.

Gunnar n'avait aucune inquiétude à se faire, en effet, mais Aleksander était quant à lui très inquiet. Pas parce qu'il allait rencontrer quelques-uns des décideurs les plus puissants et les plus influents de la planète, non. Mais à cause de la femme assise à côté de lui dans le coupé racé biplace que, d'habitude, il adorait conduire. La route longeait la côte escarpée qui dominait d'un côté la mer d'un gris métallique, il roulait vite mais prudemment, connaissant le trajet par cœur.

Mais cette fois, il devait faire un effort surhumain pour garder le contrôle de son corps. Réagissait-il ainsi parce qu'ils étaient seuls dans cet espace confiné ? Ou parce que le parfum d'Henna faisait de nouveau des ravages sur ses sens ? Peu importait, le résultat était le même.

Il s'était imaginé qu'après lui avoir raconté ce qu'il avait vécu autrefois, leurs rapports en seraient changés et il ne s'était pas trompé. Sauf qu'au lieu de remettre de la distance entre eux comme il le souhaitait, ses confidences les avaient rapprochés.

Henna remua, le mouvement révélant une portion de cuisse déjà explorée avec délice. Il baissa les yeux sur le mollet galbé, la cheville délicate… et se cramponna au volant pour ne pas repenser à la sensation de la peau satinée sous ses doigts, lorsque Henna rassembla les deux pans d'étoffe. Jamais encore il n'avait prêté autant d'attention à la coupe d'un vêtement féminin, or celle de la jupe-portefeuille gris souris avait quelque chose de diabolique. Ou bien l'étoffe glissait sur sa peau et en révélait trop, ou pas assez.

Résolu à maîtriser l'ardeur de sa libido, Aleksander amorça le dernier virage avant d'atteindre la péninsule qui paraissait avoir été sculptée dans la roche volcanique. Levant les yeux vers le rétroviseur, il vit le véhicule de la sécurité prendre la direction opposée et se diriger vers le petit campement où ils avaient accepté avec réticence de stationner. Reportant son attention sur la route, il fut frappé par l'aspect désolé et brut du paysage, et songea que l'environnement reflétait le caractère primaire de l'attirance qu'il éprouvait pour Henna.

Dans cet endroit isolé se dissimulait toutefois un hôtel si privé qu'il n'apparaissait nulle part, sur aucun site Internet et encore moins dans les agences de tourisme. Autour du grand chalet central, huit autres s'élevaient, formant un ensemble architectural si innovant, si réussi, que ce lieu était devenu l'un de ceux où Aleksander préférait séjourner. Depuis huit années, il venait y rencontrer d'autres membres de l'organisation deux fois par an, mais c'était la première fois qu'il y venait en tant que Roi.

Non que son changement de statut signifie grand-chose aux yeux de ceux qu'il allait retrouver. Les ressources de la moitié d'entre eux étaient supérieures de 30 % à celle des plus petites nations. Et chacun de ces individus serait prêt à s'opposer à lui – sinon, ils n'auraient pas été présents. L'organisation secrète existait depuis un siècle et n'était pas près de disparaître. Et demain, Aleksander devrait convaincre quatre de ses membres les plus éminents de la nécessité d'exclure Kozlov.

Il s'engagea dans la petite allée circulaire conduisant au bâtiment central et demanda à Henna de l'attendre dans la voiture. Elle hocha la tête, visiblement fascinée par la beauté du paysage. En moins de cinq minutes, il régla les formalités d'arrivée et demanda qu'on leur serve le dîner dans une heure.

Une fois réinstallé au volant, Aleksander prit la direction du chalet situé à l'extrémité du promontoire rocheux. Une fois garé, il descendit de voiture et n'eut pas le temps d'aller ouvrir la portière d'Henna. Elle l'ouvrit elle-même, sortit du véhicule et s'immobilisa, subjuguée par la vue des vagues grises ourlées d'écume blanche venant s'écraser contre la roche noire. Elle contemplait le spectacle les lèvres entrouvertes, une expression surprise et ravie sur ses traits fins, le vent repoussant sa frange en arrière.

Il contempla le front lisse, les mèches voltigeant dans tous les sens et songea à une peinture de Vettriano, artiste écossais connu pour ses toiles impressionnistes au style romantique parfois teinté d'érotisme. Et lorsqu'elle tourna soudain les yeux vers lui, le désir qu'il essayait en vain de refouler rejaillit en lui avec force.

Non, il n'aurait pas dû l'emmener à Öström. C'était même une très mauvaise idée…

Debout devant la baie vitrée du chalet qu'elle allait partager avec Aleksander, où ils passeraient trois nuits, Henna frissonna intérieurement. Un tiers de la structure en bois était suspendu dans le vide au-dessus du promontoire rocheux et surplombait la mer, les vagues venant sans répit se briser contre les rochers.

Il y avait d'autres chalets, mais très espacés les uns des autres. Jamais encore elle n'avait éprouvé un tel sentiment d'isolement – et elle occuperait cet espace compact avec l'homme qui l'avait caressée au plus intime de son corps…

Les deux tiers du chalet reposaient sur la terre ferme et comprenaient deux chambres, agrémentées chacune d'une large fenêtre donnant sur la côte accidentée, et comprenant une ravissante salle de bains équipée d'une immense baignoire installée juste en dessous de la fenêtre ouvrant sur la mer.

Henna contemplait le mouvement infini des vagues lorsque, une heure plus tôt, Aleksander l'avait invitée à passer à table. La nourriture était excellente, mais elle n'en avait pas vraiment profité tant elle avait le ventre noué. Poisson fumé, céleri rémoulade, betteraves marinées, caviar – on aurait dit que le chef connaissait ses plats préférés ! Hélas, cela n'avait pas chassé le trouble causé par la proximité d'Aleksander. Le silence était devenu de plus en plus lourd, presque oppressant, et elle n'avait pu respirer librement qu'à la fin du repas.

Toujours immobile devant la baie, elle vit soudain la silhouette d'Aleksander se refléter dans la vitre.

— Tu bois un whisky avec moi ?

Henna se retourna et prit le verre qu'il lui tendait, mais en évitant de frôler ses doigts. Elle évita aussi de croiser son regard et lui tourna le dos avant de porter le verre à ses lèvres tout en contemplant de nouveau le panorama extraordinaire. Elle ne reviendrait jamais dans ces lieux. Elle ne serait plus jamais seule avec cet homme somptueux. C'était devenu une sorte de refrain qui revenait sans cesse et résonnait douloureusement dans son esprit. Et Henna en avait assez de lutter contre ce désir insensé de sentir les mains d'Aleksander sur sa peau, de le laisser aller jusqu'au bout de ce qu'il avait entrepris ce fameux soir, avant d'aller rejoindre Tuva.

Peut-être qu'alors, cela s'arrêterait. Peut-être cesserait-elle de s'embraser dès qu'elle pensait à lui. À ce moment-là, elle pourrait dire adieu à son passé et entamer une nouvelle phase de sa vie, loin de Svardia.

À l'instant où elle baissait les yeux sur son verre, prête à aller se réfugier dans sa chambre, elle sentit le souffle d'Aleksander lui caresser la nuque. La chaleur se répandit aussitôt entre ses jambes, son cœur se mit à battre la chamade. Puis ce fut le pouce d'Aleksander qui lui effleura le cou avant de se faufiler sous le col de son chemisier. La chaleur l'envahit tout entière et elle crut entendre un juron étouffé.

Ses mamelons se dressaient sous la soie, avides de caresses, le désir la consumait, réclamant l'assouvissement. Henna se retourna, Aleksander garda la main posée sur sa nuque, et ils se retrouvèrent enfin face à face.

Lorsque leurs regards se soudèrent, la chaleur qui émanait de celui d'Aleksander se propagea au plus profond de son être. Un tremblement monta en elle, échappant à tout contrôle.

Cette fois, il jura à voix haute et l'entraîna vers le poêle à bois trônant au milieu de la pièce à vivre. Puis il prit des coussins et des plaids sur le sofa et les fauteuils, les disposa sur le sol et installa Henna à côté du poêle. Elle aurait voulu lui dire qu'elle n'avait pas froid. Qu'une seule chose l'empêcherait de trembler, mais elle ne trouva pas les mots et accepta en silence le nouveau verre de whisky qu'il lui glissait dans la main.

Aleksander s'assit sur le parquet en face d'elle, le dos adossé au sofa, et, les coudes appuyés sur les genoux, la regarda boire une gorgée de whisky en contemplant les flammes qui dansaient derrière la vitre.

— Ça va ? demanda-t-il.

Petit hochement de tête.

— J'ai besoin que tu le dises, Henna.

Quand elle tourna les yeux vers lui, il fut transpercé par l'éclat de son regard.

— Oui, ça va. Merci.

Sa voix était trop calme, trop posée. Il se passa la

main dans les cheveux et s'y agrippa. Il avait besoin de s'accrocher à quelque chose, sinon Henna s'apercevrait qu'elle n'était pas la seule à trembler. Parce que lorsqu'elle s'était retournée vers lui, qu'il avait senti son cou mince glisser dans sa main, il avait failli craquer. Elle avait le courage d'afficher son désir, de l'assumer, mais de son côté, il savait d'instinct que s'il montrait l'intensité du sien, ils s'abîmeraient tous les deux dans la volupté, au risque de s'y perdre.

Elle s'éclaircit la voix.

— Tu étais déjà venu ici, n'est-ce pas ?

— Oui.

— Ces réunions ont lieu régulièrement, si je comprends bien ? demanda-t-elle en reprenant son verre posé à côté d'elle.

Ses doigts tremblaient moins, remarqua Aleksander. L'instant d'après, il songea qu'il ne reviendrait sans doute plus jamais à Öström. S'il demandait que les réunions soient organisées ailleurs, sa requête serait acceptée sans difficulté.

Il ne pourrait plus jamais venir dans ce chalet sans revoir la tête penchée d'Henna, sans repenser à la sensation de la peau satinée sous ses doigts, sans sentir sa libido réagir au quart de tour.

— Deux fois par an, répondit-il avec effort.

— Ah…, fit-elle avant de porter son verre à ses lèvres.

Les lèvres qu'il avait goûtées, caressées, dévorées…

— Pardon ?

— Vous avez votre cabale secrète de milliardaires.

Son regard quitta à regret les lèvres pulpeuses et monta vers les yeux noisette où pétillait une lueur moqueuse… Il éclata de rire. Henna sourit et l'espace d'un instant, la tension qui planait entre eux disparut.

— Tu n'en sauras pas davantage.

— Parce que la première règle de la cabale est de…

— … ne pas parler de la cabale, acheva-t-il à sa place.

Il prit son propre verre, pas parce qu'il avait envie de boire mais pour ne pas se lever et la soulever dans ses bras. Il pouvait toujours se raconter que s'il ne pouvait pas la toucher, c'était à cause de son amitié avec Freya, ou parce qu'ils travaillaient ensemble… Mais cela faisait bien longtemps qu'il ne se mentait plus. Il connaissait la vérité. Henna l'attirait depuis des années. Aleksander vida son verre d'un trait et se réjouit de sentir l'alcool lui brûler la gorge. Parce qu'il avait beau savoir qu'Henna représentait un risque pour lui, il la désirait comme un fou. Et quand il la regarda, il vit le reflet de son propre désir dans ses yeux.

Cependant, il fallait qu'elle sache. Qu'elle comprenne.

— Je ne peux pas t'offrir ce que tu veux, Henna.

— Ah ? Et qui es-tu pour savoir ce que je veux ? répliqua-t-elle en haussant un sourcil.

— Je suis le Roi, riposta-t-il, un peu sèchement.

— Tu es le garçon qui m'a trouvée dans le labyrinthe. À mes yeux, tu resteras toujours et avant tout ce jeune homme-là.

Elle prononça ces mots avec une simplicité, une sincérité, qui le laissa sans voix.

— Tu fuis le problème, dit-il après s'être ressaisi.

Alors qu'en réalité, c'était lui qui se voilait la face.

— Non, je ne crois pas, répliqua-t-elle en soutenant son regard. Nous avons commencé, dans ton bureau…

Ses pommettes s'empourprèrent, les beaux reflets mordorés scintillèrent dans ses yeux.

— … et je… j'aimerais que nous allions jusqu'au bout.

Aleksander jura. Il faillit franchir le peu de distance qui les séparait, l'allonger sur le dos et la prendre comme elle l'y invitait. Mais il s'interdit de la toucher. Elle méritait mieux.

— Cela te suffirait ? Une seule nuit ?

Un éclat fauve incendia les yeux noisette.

— Tu t'abandonnerais à moi, alors que tu sais que j'épouserai bientôt une autre femme ?

À ces mots, elle blêmit. Il ne s'était pas trompé. Elle le désirait autant qu'il la désirait, mais elle n'était pas prête à assumer les conséquences de ce désir. D'un autre côté, il ne pouvait se résoudre à la quitter dans cet état, au bord du précipice dans lequel il brûlait lui aussi de sombrer.

Il le regretterait sans aucun doute, mais il était las de lutter.

— Je n'ai rien de plus à t'offrir, reprit-il. Mais, si tu le souhaites, je peux achever ce que j'ai commencé.

Les yeux d'Henna flamboyèrent. Et soudain, Aleksander réalisa qu'il avait autant besoin d'elle qu'elle avait besoin de lui. Là, maintenant.

Il reposa son verre. Ce n'était pas d'alcool qu'il avait soif.

— Laisse-moi te goûter…

La roseur qui envahit de nouveau les hautes pommettes eut raison du peu de contrôle qu'il lui restait.

— Laisse-moi te faire jouir, supplia-t-il, la voix rauque.

Les paroles d'Aleksander firent sauter le dernier barrage. Un flot d'images érotiques déferla dans l'esprit d'Henna.

— Oui, goûte-moi, murmura-t-elle, grisée par l'éclat sauvage incendiant les yeux sombres.

Mais elle ne se leurrait pas. Elle savait ce qu'Aleksander lui offrait – et ce qu'il ne lui offrait pas. Leurs rapports allaient changer irrévocablement. Bientôt, elle quitterait son travail et la famille royale. Et Svardia. Mais elle réfléchirait à tout cela plus tard. Dans l'immédiat, elle voulait profiter au maximum de ces instants.

De cet homme superbe qui la contemplait en silence, une longue jambe étendue devant lui, l'autre repliée et maintenue par le bras passé sous le genou.

— Tu es sûre que c'est ce que tu veux ? demanda-t-il, une lueur prédatrice au fond des yeux.

Henna frémit. Il ressemblait plus à un débauché qu'à un roi.

— Oui, déclara-t-elle sans la moindre hésitation.

Le cœur lui martelant les côtes, elle regarda Aleksander se redresser et se rapprocher d'elle, tel un félin se dirigeant vers sa proie. Il se pencha au-dessus d'elle…

— Tu ne porteras plus jamais cette jupe devant moi, dit-il lentement, la voix rauque de désir.

Fascinée, elle le dévisagea en retenant son souffle. Il s'agenouilla devant elle, lui posa la main sur la cuisse, puis glissa les doigts entre les pans de la jupe portefeuille, faisant frissonner Henna. D'instinct, elle creusa les reins pour se rapprocher de lui. Les yeux d'Aleksander ne quittèrent pas un instant les siens. Elle renversa la tête en arrière en laissant échapper un halètement et lui offrit ses lèvres. Il inspira profondément, comme pour absorber son souffle.

D'une main, il avait remonté l'étoffe sur sa cuisse tandis que l'autre s'immisçait entre ses jambes. Il poussa un juron étouffé avant de prendre possession de sa bouche, la langue experte enlaçant la sienne et l'entraînant dans un ballet d'un érotisme torride.

Le baiser s'interrompit trop tôt. Aleksander arracha ses lèvres des siennes et durant quelques instants, Henna éprouva un tel sentiment de perte qu'elle en eut le souffle coupé. Jusqu'à ce qu'il lui écarte doucement les cuisses, faisant glisser les pans de la jupe de chaque côté. Elle voulut les resserrer, mais il l'en empêcha.

— Tu n'as pas à te cacher de moi, murmura-t-il. À moins que tu souhaites que je m'arrête ?

— Non. Ne t'arrête pas… Je…

Elle n'eut pas à terminer sa phrase. Il faisait déjà glisser sa culotte sur ses jambes et contemplait ce qu'il découvrait comme s'il n'avait jamais rien vu d'aussi beau.

Puis il se pencha, lui encercla doucement la cheville, effleura le mollet, le genou, remonta sur la cuisse, le ventre, passa sur un sein, sur la gorge, avant de redescendre sur l'autre sein dont il caressa la pointe durcie du bout du pouce.

Quand il déposa des petits baisers sur l'intérieur de ses cuisses, Henna ferma les yeux et serra les paupières. Le premier coup de langue lui arracha un halètement, ses hanches se soulevèrent d'elles-mêmes pour s'offrir aux caresses des doigts et de la bouche de son amant, ses reins se creusèrent, et elle savoura la plainte rauque qu'il laissa échapper contre son sexe. Il embrassa son clitoris, le cajola, le taquina, le lécha, l'entraînant inexorablement vers l'extase. Il glissa un doigt en elle, deux…

Elle se mit à haleter sans retenue, s'accrochant tour à tour aux cheveux épais et le repoussant. Aleksander poussa un gémissement ravi et redoubla d'ardeur.

Son orgasme la prit par surprise, il explosa partout en elle, annihilant toute pensée. Quand Henna rouvrit les yeux, elle vit le ciel de velours noir constellé d'étoiles et se sentit aussi lumineuse et aussi puissante qu'elles. Elle se sentit à la fois infinie et forte, protégée et en sécurité. Puis soudain, elle réalisa qu'Aleksander la tenait toujours par les hanches et la serrait contre lui.

7.

L'eau froide ruisselait sur son corps, mais rien n'aurait pu apaiser le désir qui continuait de rugir en lui. Huit heures avaient passé depuis qu'Aleksander avait mis Henna au lit, *seule*, et son corps brûlait encore. Il ne pouvait pas aller rejoindre les autres dans cet état, bon sang !

Il ferma les yeux mais sans parvenir à chasser les images obsédantes d'Henna écartant les jambes pour lui, s'offrant tout entière et s'abandonnant au plaisir. Il gardait le goût de son sexe sur la langue…

Résolu à reprendre le contrôle de ses sens, il se concentra sur l'autre question qui l'obsédait : l'éviction de Kozlov de l'organisation secrète. Il devait absolument convaincre les autres de la nocivité de cet individu.

Quand il rouvrit les yeux, Aleksander avait les idées plus claires, Dieu merci. Jusqu'à ce que, une fois habillé, il se dirige vers l'espace ouvert et aperçoive Henna assise devant la table, son ordinateur portable ouvert devant elle, les cheveux rassemblés en chignon flou sur la nuque et exposant le long cou gracieux. Son sang ne fit qu'un tour, cette vision le ramena sur-le-champ à la veille au soir, à la sensation de la peau sous ses doigts tandis qu'il…

— Tu veux un café ? demanda-t-elle sans le regarder.

— Oui, répondit-il précipitamment.

Elle se leva, s'avança vers la machine à café et lui

prépara un expresso en un tournemain. Les mâchoires serrées, Aleksander s'interdit d'aller vers elle et de lui soulever le menton pour pouvoir déchiffrer l'expression de son regard – et lui expliquer que ce qu'ils avaient partagé la veille était inacceptable. Henna menaçait son équilibre et sa concentration, et à ce titre, elle représentait un danger pour lui. Non seulement il était avant tout le roi dont Svardia avait besoin et devait rester imperméable à toute émotion, à tous les niveaux – c'était vital –, mais il était venu à Öström pour régler la question Kozlov. Par conséquent, il lui avait donné ce qu'il pouvait la veille au soir, mais il n'avait *rien d'autre* à lui offrir, se répéta-t-il encore une fois.

Fort de cette résolution, il quitta le chalet sans même prendre le temps de boire son expresso et partit rejoindre les autres.

Henna sortit avant l'arrivée du personnel venant servir le déjeuner et s'éloigna du chalet. Elle avait besoin de marcher et de mettre de l'ordre dans ses idées.

Suivant le sentier côtier, elle aspira une grande bouffée d'air chargé d'embruns. Le va-et-vient des vagues venant s'écraser sur les rochers reflétait exactement ce qu'elle avait ressenti la veille au soir. La volupté l'avait emportée comme un courant impitoyable et elle avait été submergée par des sensations d'une intensité inouïe. Henna n'avait jamais vécu cela avec Nils. Une force brute émanait d'Aleksander, semblable à celle qui poussait les vagues vers les rochers avant de les faire renaître inlassablement, plus vigoureuses encore. Il lui avait offert un orgasme dont le simple souvenir suffisait à la faire trembler intérieurement.

Il lui avait beaucoup donné mais cela ne lui suffisait pas. Tout en elle réclamait, frémissait. Elle voulait se battre, amener Aleksander à changer d'avis, lui montrer qu'il avait tort de s'imposer tant de limites, de contraintes, de restrictions… Pas vis-à-vis d'elle, Henna n'était pas naïve au point de penser que leur relation pourrait dépasser ces quelques moments volés.

Absorbée dans ses pensées, elle tressaillit en entendant soudain un bruit de pas derrière elle et se retourna d'un mouvement vif avant de s'immobiliser aussitôt.

Aleksander s'arrêta et la dévisagea en silence, puis fit un pas vers elle. Durant quelques instants, ils se regardèrent, conscients l'un et l'autre du désir qu'ils éprouvaient l'un pour l'autre.

De son côté, ce désir avait toujours été là, réalisa Henna. Et il le serait toujours, pressentit-elle avec un frisson.

Au moment où elle entrouvrait les lèvres pour le lui dire, Aleksander l'interrompit d'un geste, comme s'il l'avait compris et refusait de l'entendre.

— Le déjeuner est servi.

Aucune décision n'avait été prise pour l'instant, mais jusqu'à présent, les discussions avaient été moins âpres qu'il ne l'avait craint. Même Klaus Brandt, le plus réticent des quatre, semblait commencer à comprendre que sous ses dehors civilisés, Kozlov n'était en réalité qu'une brute vulgaire et dépourvue de tout sens moral. Mais il n'avait pas manqué de souligner qu'aucun membre n'avait été radié depuis plus de quatre-vingts ans.

Sakura Maki, appuyé par Javier Casas, avait pour sa part fait remarquer que l'entreprise ne serait pas aisée, tout en déclarant que Kozlov avait définitivement franchi les limites de l'acceptable en menaçant de s'en prendre à la sœur d'Aleksander.

Quant à Olena Kolinski, elle s'était, comme toujours,

opposée à Brandt. Néanmoins tous partageaient les mêmes valeurs et poursuivaient le même but : se servir de l'organisation pour redistribuer une part conséquente de leurs richesses là où d'autres en avaient besoin, et pour soutenir des initiatives vouées à l'échec par manque de relations ou de moyens financiers. Les membres les plus haut placés de l'organisation étaient mus par le même désir : voir le monde s'améliorer, sur les plans économique, écologique et technologique. Tous excepté Kozlov.

Quant aux autres membres, tous éminents et faisant partie de l'élite mais occupant des postes un peu moins prestigieux, ils adhéraient aux décisions du petit groupe qui se trouvait actuellement réuni à Öström.

À la fin de ce premier débat, tous les quatre avaient donné leur accord pour exclure Kozlov. Ne restait plus qu'à décider du moyen à adopter. Question qui serait abordée après la pause-déjeuner d'une heure.

Et dans l'immédiat, Aleksander allait devoir aborder une question d'une tout autre nature mais non moins délicate et épineuse, songea-t-il en se dirigeant vers le chalet avec Henna qui marchait en silence à côté de lui.

Assise en face d'Aleksander qui, les bras croisés, gardait obstinément le regard tourné vers la baie vitrée, Henna soupira et reposa sa fourchette. La salade d'algues au sésame était délicieuse mais l'attitude d'Aleksander lui coupait l'appétit. Quant à lui, il n'avait pas touché à son assiette.

— Je peux peut-être vous aider ?

— Nous aider ? s'exclama-t-il d'un ton incrédule en tournant la tête vers elle.

— J'ignore tout des discussions au sommet auxquelles tu participes, répliqua-t-elle avec une pointe d'humour. Mais je pourrais peut-être… apporter un éclairage différent ?

Il la dévisagea en silence, l'air songeur.

— Je crois que… Nous sommes dans une impasse.

— OK, dit-elle en hochant la tête.

— Nous avons… un problème à résoudre.

— Aleksander, glissa-t-elle doucement, tu peux continuer à utiliser un langage cabalistique si tu veux, mais pour que je puisse donner mon point de vue, il faudrait que tu me fasses un tant soit peu confiance et que tu m'expliques ce qui se passe…

Un éclair fusa dans les yeux bruns, comme si elle lui demandait l'impossible, mais quand il repoussa son assiette, Henna comprit qu'il capitulait.

Il lui donna des explications sur l'organisation, raconta comment il avait été approché par un homme d'affaires rencontré à l'université de Londres. Comment ils étaient vite devenus amis et comment, jusqu'à la mort de Peter, Aleksander avait tout ignoré de l'organisation secrète. La chaleur avec laquelle il parlait de son ami fit plaisir à Henna. Ce Peter l'avait peut-être aidé un peu à guérir de ses blessures. Il avait été un membre haut placé de l'organisation et, en lui succédant, Aleksander avait pu côtoyer certains des plus grands esprits du monde financier, politique et scientifique. Pour la plupart, ces membres partageaient le même but : faire tout leur possible pour assurer la stabilité du monde en tant que tout, plutôt que de se focaliser sur un seul pays. Mais ensuite, Aleksander parla de Kozlov, individu louche dont les activités professionnelles frisaient l'illégalité, et qui, dans ses transactions privées, recourait volontiers à la violence.

La seule satisfaction qu'il eût jamais tirée de ses relations avec Kozlov, expliqua Aleksander, ç'avait été d'avoir eu l'occasion de le délester d'une bonne part des actions de son entreprise phare et d'en devenir ainsi l'actionnaire majoritaire.

— Il ne partage pas nos valeurs et semble s'en éloigner de plus en plus, conclut-il d'un ton dur. Il a menacé de s'en prendre à Marit lorsqu'il a compris que Lykos allait bientôt avoir les moyens de le faire tomber et de reprendre Kozlov Enterprises.

De toute évidence, Henna ne supportait pas l'idée que l'on puisse menacer Marit. Il le vit à l'éclat farouche de son regard.

— Nous pensions, Lykos et moi, que le moyen le plus simple de le mettre au pas serait de nous attaquer à sa société.

— Comment t'es-tu retrouvé actionnaire majoritaire de Kozlov Enterprises ?

— Grâce à une partie de poker.

— Tu joues au poker ? demanda-t-elle, suffoquée.

— Je suis très doué pour cacher mes vices.

Réalisant le double sens de ses paroles, Aleksander les regretta aussitôt. Henna le dévisagea en battant des cils, mais resta silencieuse.

— Et Lykos m'a cédé les siennes. J'en avais suffisamment pour forcer la main à Kozlov.

— Mais comme il a vendu sa société, tu ne peux plus t'en servir contre lui.

— Exactement.

Elle s'appuya à son dossier en plissant le front.

— On ne peut pas punir un tyran.

Aleksander haussa les sourcils.

— Que veux-tu dire ?

— Kozlov est un tyran, comme Viveca. Il cherche l'affrontement. Et si vous lui donnez ce qu'il attend, vous ne réussirez jamais à vous débarrasser de lui.

Il repensa à ce qu'elle lui avait confié sur sa demi-sœur.

— Continue.

— Eh bien… Vous voulez l'évincer, mais vous ne pouvez pas résilier son adhésion à cause du règlement, c'est cela ?

Aleksander acquiesça d'un hochement de tête.

— Alors il faut vous débrouiller pour l'amener à s'en aller de lui-même.

— C'est en gros, ce que nous avons tenté de faire avec sa société, dit Aleksander en levant les mains au ciel.

— Non, vous avez tenté de le *forcer* à partir en vous servant de sa société. Il faut l'amener à vous *céder* son adhésion.

— Mais comment ?

Elle haussa un sourcil moqueur et se mit à rire, de ce rire mélodieux qui lui allait droit au cœur.

— Je ne peux pas tout faire à votre place. Je ne suis pas membre de ta cabale secrète.

— Non, tu as la tienne…

Aleksander soupira et se leva.

— Je dois y retourner.

Il saisit sa veste de costume et l'enfila, mais non sans remarquer que la lueur taquine avait disparu des yeux d'Henna et faisait place à… autre chose. Ce n'était pas vraiment de la tristesse, mais pas de la gaieté non plus.

— Qu'y a-t-il ? demanda-t-il, sur la défensive.

Cette fois, ce fut de l'hésitation qui traversa le regard d'Henna.

— Tu peux tout me dire, tu sais ? enchaîna-t-il, sincère.

Elle redressa la tête et plongea son regard dans le sien.

— J'en veux davantage.

Inutile de prétendre qu'il n'avait pas compris de quoi elle parlait.

— Je ne peux pas, Henna.

— Tu ne peux pas, ou tu ne *veux* pas ?

— Tu te rends compte de ce que tu me demandes ?

répliqua Aleksander, furieux qu'elle le pousse dans ses retranchements.

— Je ne demande rien au-delà de ce séjour. Mais je veux tout.

— Tout ? répéta-t-il d'une voix sans timbre. Tu demandes l'impossible. Je te l'ai dit – je n'ai rien de plus à t'offrir, Henna.

Sur ces mots, il se détourna et sortit rapidement du chalet.

Javier Casas parlait au téléphone devant l'entrée de l'hôtel mais il mit fin à l'appel dès qu'il aperçut Aleksander.

— Toi, tu as une idée, fit-il en le regardant avec attention.

— Exact. Mais il y a un risque.

Javier sourit et lui passa le bras autour des épaules.

— Depuis quand le risque nous fait-il peur ?

— Nous n'avons pas beaucoup de temps.

— Raconte-moi ça.

— Kozlov a un ego monumental et il serait plus que ravi de prendre sa revanche, puisque c'est à cause de moi qu'il a perdu sa société. Et si je lui en offrais l'occasion ?

— Continue, dit Javier en plissant les yeux.

— Il est à Macao en ce moment même.

Aleksander remercia mentalement Gunnar, qui avait réussi à localiser Kozlov en un temps record.

— Il est là-bas pour deux jours et ensuite, il s'en va. Si nous nous retrouvions dans un casino, combien de chances y a-t-il pour qu'il soit prêt à tout dans l'espoir de me battre au poker ?

— Tu penses pouvoir l'amener à jouer son adhésion ?

— Oui, en jouant la mienne.

Son ami émit un petit sifflement.

— Pour un risque, c'est un risque. Je ne sais pas si les autres vont apprécier.

— Ils n'apprécieront pas, et je n'ai pas le temps de les convaincre.

— Et tu veux que je le fasse à ta place, répliqua Javier en souriant. Mais attention, tu me revaudras ça…

— Pas de problème, on en reparlera à mon retour.

Sans attendre la réaction de son ami, Aleksander tourna les talons et reprit la direction du chalet.

Ils n'avaient pas une minute à perdre. Car Henna partait avec lui, bien sûr. L'idée était venue d'elle, non ?

8.

Au cours des cinq dernières années, Henna avait beaucoup voyagé, mais jamais dans le jet du Roi. L'avion disposait d'une petite salle de bains avec douche et d'une chambre, aussi grande que son studio, avec meubles en acajou et cuir blanc ivoire – le tout dégageant une atmosphère raffinée et confortable.

Lorsque Aleksander lui avait annoncé qu'ils partaient pour Macao, elle avait accueilli la nouvelle sans broncher. Elle avait pris un risque énorme en lui parlant aussi franchement. Mais c'était sa seule chance de l'avoir tout à elle. De passer une nuit dans les bras de l'homme qu'elle désirait depuis la première fois qu'elle l'avait rencontré. Elle pouvait bien se l'avouer, maintenant. Aleksander était bien davantage que le frère aîné de sa meilleure amie, il était plus que son employeur, et même que son Roi.

Henna prit la tasse que lui tendait le steward et huma l'arôme de bergamote qui, d'habitude, lui apportait réconfort et calme.

Assis en face d'elle, Aleksander consultait sa messagerie – dont Henna s'occupait depuis leur départ de Svardia – et s'éclaircit soudain la voix.

— Très bien, dit-il en hochant la tête. C'est parfait.

Elle accepta le compliment en silence. Depuis qu'ils avaient quitté Öström, il y avait de nouveau un décalage entre eux. Des sensations désagréables la parcouraient.

Elle se sentait… Henna soupira et s'appuya la nuque au repose-tête.

En vérité, cela faisait un moment qu'elle se sentait en équilibre instable. Et en se dévoilant devant Aleksander, elle n'avait fait qu'accentuer ce sentiment.

— Qu'est-ce que tu bois ? demanda-t-il tout à coup.

— Du thé Earl Grey, répondit-elle en souriant. C'était le préféré de ma mère. Mon père me le disait souvent et me racontait qu'elle était très pointilleuse sur la façon de le préparer.

— Tu veux bien me parler d'elle ?

Lorsque leurs regards se croisèrent, Henna y vit le reflet de sa propre souffrance. Même si la perte qu'ils avaient subie était différente.

— Ma mère était une femme vibrante. Sur toutes les photos, elle porte des tenues aux couleurs éclatantes. Mon père l'a rencontrée en Angleterre, à l'époque où il travaillait au siège londonien de son entreprise, et ils sont tombés amoureux. Elle n'a pas hésité à le suivre à Svardia. Elle est morte peu de temps après ma naissance, d'une rupture d'anévrisme, mais mon père me parlait d'elle chaque jour, même après qu'il est tombé malade.

Au souvenir des souffrances de son père, puis de sa mort, la douleur familière lui étreignit la poitrine, avec une telle intensité qu'Henna ferma un instant les yeux.

— Qui s'est occupé de toi, quand tu as perdu ton père ? demanda doucement Aleksander.

— Il avait épousé Marcella, la mère de Viveca, six mois plus tôt. Il voulait s'assurer que quelqu'un soit là pour moi après sa mort. Marcella était l'amie de l'un de ses collègues et… elle paraissait… gentille.

— Mais en réalité, elle ne l'était pas ?

— Non, répondit franchement Henna. La première année, je ne m'en suis pas vraiment rendu compte parce que j'étais terrassée par le chagrin. Je ne m'y attendais pas. Je me croyais préparée, mais le choc a été terrible. Et quand j'ai commencé à émerger, tout avait changé autour de moi, et Marcella et Viveca m'ont montré clairement qu'elles ne voulaient pas de moi.

Sa vie avait été un supplice, jusqu'à ce qu'elle fasse la connaissance d'Aleksander – et que celui-ci la présente à Freya. À partir de ce jour, son existence avait été transformée, grâce à l'amitié sans faille qui les unissait.

— Tu seras toujours la bienvenue au Palais, dit-il lentement.

Il la regardait comme la première fois, quand il l'avait trouvée dans le labyrinthe, et Henna eut désespérément envie de le croire. De croire que ce qui s'était passé la veille au soir n'avait pas tout gâché.

Aleksander posa les mains sur les accoudoirs et s'y agrippa de toutes ses forces. La manière dont Henna avait décrit son chagrin, le choc épouvantable qu'elle avait subi, sa souffrance… Il *connaissait* tout cela. Il n'avait jamais parlé de la perte de son enfant à naître. Ni avec son père, qui avait été courant de la situation depuis le début, ni avec Kristine, partie avant qu'il ait la possibilité de lui parler. De lui demander si…

Il serra les mâchoires, refoulant les questions qui remontaient dans son esprit, la colère, la souffrance, la peur. La peur d'avoir été responsable de ce drame et d'avoir forcé Kristine à prendre cette horrible décision. Les émotions refaisaient surface, avec une telle violence qu'il en eut la respiration coupée. Jusqu'à ce que tout à coup, Aleksander sente une main douce se poser sur la sienne. Il baissa les yeux et vit Henna accroupie à côté de son fauteuil, la tête penchée et lui massant doucement le dos de la main.

Petit à petit la sensation d'oppression diminua, Henna lui desserra le poing, puis s'occupa de l'autre main.

Les sensations qu'il éprouvait n'avaient rien de sexuel. Quelque chose de plus complexe l'enveloppait, une chaleur bienfaisante et apaisante. À cet instant, il comprit que, quelle que soit la nature de ces sensations, elles ne pouvaient être causées que par Henna. Elle et elle seule.

Manifestement satisfaite de le voir plus détendu, elle se rassit dans son fauteuil, l'inclina en arrière et ferma les yeux.

— Il y a un lit.

— C'est le lit du Roi, répliqua-t-elle, redressant ainsi la frontière qui les séparait.

Aleksander retourna à son écran et fit défiler les e-mails sans les voir, trop occupé à tâcher de démêler les sensations qu'Henna faisait remonter en lui.

Vingt minutes plus tard, il comprit qu'elle s'était endormie et s'autorisa à la regarder longuement. Elle était vraiment ravissante. Au-dessous de la frange, les longs cils sombres reposaient sur ses joues. Une légère roseur colorait les hautes pommettes, l'épaisse chevelure brune faisant ressortir la clarté et la pureté du teint. Elle était tout en contrastes, douceur et force, lumière et ombre. Et cet équilibre l'émerveilla malgré lui.

Il se leva et fit rouler ses épaules, lorsque soudain, Henna tourna la tête de côté et remua les jambes. Même en position inclinée, le fauteuil n'était pas idéal pour dormir. Sans réfléchir, il se pencha et glissa une main derrière le dos chaud et l'autre sous les genoux, et, doucement, la souleva dans ses bras. D'instinct, elle se blottit contre lui et appuya la tête dans le creux de son épaule tandis qu'il se dirigeait vers la chambre située à l'arrière du jet. De toutes les émotions contre lesquelles il avait lutté ces derniers jours, celle-ci était la plus paisible.

La plus juste.

Refoulant cette pensée aussi vite qu'elle avait surgi, il entra précautionneusement dans la chambre et l'allongea sur le lit. Le parfum sensuel lui caressait les narines, la senteur unique d'Henna titillait ses sens…

Aleksander resta immobile au-dessus d'elle, son torse frôlant les seins qui se soulevaient doucement. Les battements de son cœur s'accélérèrent. Soudain, Henna souleva les paupières et le regarda d'un air surpris, vite remplacé par un éclat brûlant.

Une chaleur infernale déferla en lui, il se consumait pour elle, impossible de le nier. Mais, à l'instant où il se penchait pour l'embrasser, elle tourna la tête de côté.

Il serra les mâchoires. Il n'avait pas le droit de l'embrasser après avoir refusé de satisfaire sa demande. Il ferma les yeux et se redressa, lorsque Henna lui saisit le poignet.

— Tu es fatigué, il faut que tu te reposes aussi.

— Henna, je…

— Allonge-toi, juste pour dormir, l'interrompit-elle en tournant de nouveau la tête sur l'oreiller et en refermant les paupières.

Elle avait raison – il avait besoin de repos parce qu'il devait être frais et dispos quand il se retrouverait face à Kozlov. Aleksander se débarrassa rapidement de ses chaussures et, sans dégager son poignet toujours prisonnier des doigts fins d'Henna, il s'étendit à côté d'elle. Quelques centimètres à peine les séparaient, mais avant de s'endormir, il songea qu'en réalité, il y avait des kilomètres entre eux.

La baie vitrée de sa suite était au moins aussi grande que celle du chalet, mais elle donnait sur un panorama complètement différent. Des lumières aux couleurs vives clignotaient partout dans la nuit, en haut des gratte-ciel se reflétant dans la mer, et le long des trois ponts reliant la péninsule de Macao à Taipa et Coloane. Vue du dernier étage de l'hôtel, Macao s'étalait comme une myriade de paillettes multicolores répandues sur un immense coussin de soie.

Mais si Henna s'absorbait dans la contemplation de cette vision féerique, c'était surtout pour éviter de penser à la robe apportée un peu plus tôt par une femme de chambre de l'hôtel.

Dans la chambre du jet, elle s'était réveillée seule, mais à en juger par la chaleur des draps à côté d'elle, Aleksander venait juste de se lever. Un sentiment d'abandon l'avait alors gagnée tandis qu'elle se demandait si, désormais, il en serait toujours ainsi entre eux. Si Aleksander aurait toujours un pas d'avance sur elle. Si la distance qui les séparait maintenant resterait à tout jamais infranchissable.

Quand elle l'avait rejoint et s'était rassise à sa place, il avait à peine levé les yeux de son écran d'ordinateur pour lui dire qu'il lui avait réservé une suite et qu'une assistante se chargeait de lui faire parvenir des tenues et accessoires adéquats. C'était cela qui avait le plus irrité Henna. Elle était habituée aux changements de dernière minute, notamment lorsqu'il fallait veiller à ce que Freya ou Marit disposent de la garde-robe appropriée à telle ou telle occasion, dans n'importe quelle partie du monde. Par conséquent, elle était plus que capable de s'organiser. Alors, quand la femme de chambre avait apporté la robe protégée par une housse, Henna avait détourné les yeux et refusé d'y prêter attention. Jusqu'à ce que la curiosité finisse par l'emporter sur l'irritation et qu'elle se décide à sortir la robe de sa housse, et alors…

Était-ce ainsi qu'il la voyait ?

Mais bon, elle ne pouvait pas rester indéfiniment devant la baie vitrée…

Henna soupira et alla prendre une douche, puis revint dans la chambre et s'arrêta devant le portant. Après un instant d'hésitation, elle souleva le cintre, étala avec précaution la robe sur le lit… et la contempla, fascinée malgré elle.

Délicatement, elle saisit les fines bretelles et enfila la robe qui glissa sur sa peau. Le décolleté vertigineux, en V, frisait l'indécence ; la fente s'ouvrant haut sur la cuisse avait quelque chose de… décadent. Henna se rapprocha du miroir et pivota lentement sur elle-même. Les bretelles spaghettis se croisaient en X sur son dos nu, maintenant la robe en place, la soie bleu nuit lui découvrant les reins.

À se voir aussi sensuelle, pour ne pas dire provocante, et sachant qu'Aleksander l'avait imaginée ainsi, elle se sentit métamorphosée. La robe exposait autant qu'elle dissimulait, ce contraste donnant à Henna le sentiment d'être belle et ultra-féminine, sûre d'elle et puissante. Jamais encore elle n'avait éprouvé une telle assurance, ne s'était sentie investie d'un tel pouvoir.

Un petit *bing* signala l'arrivée d'un SMS. Aleksander lui demandait de le rejoindre au bar du casino de l'hôtel.

Henna resserra les doigts autour de son portable en repensant à ses paroles.

« Tu demandes l'impossible. Je n'ai rien de plus à t'offrir. »

Il se trompait, elle en était convaincue. Mais elle ne s'abaisserait pas à le supplier.

Aleksander traversa le salon de sa suite et entra dans l'ascenseur privé, agacé d'avoir été retardé par un appel de Javier confirmant l'accord de l'organisation.

Mais quand, un peu plus tard, il s'avança dans le bar et aperçut un chatoiement de soie bleu nuit, l'agacement fit place à… l'émerveillement. Le cœur battant à tout rompre, il s'avança vers Henna, ébloui par la vision qui s'offrait à lui – la robe, révélant plus qu'elle ne dissimulait, faisait ressortir la peau claire qu'il brûlait de toucher, de sentir frémir sous ses doigts.

Il s'arrêta et regarda le serveur poser un martini devant elle. Au même instant, elle leva les yeux vers le jeune homme et vit Aleksander dans le miroir courant sur toute la longueur du bar.

Quand elle se retourna vers lui, des éclats de jade et d'or fusèrent dans les yeux noisette, avant qu'un battement de cils les fasse disparaître. Lentement, Henna souleva son verre, sans détacher un instant le regard du sien.

Un frisson traversa Aleksander. Il n'y avait ni défi ni soumission dans ses yeux. Seulement de l'assurance, ce qui la rendait encore plus attirante. Elle entrouvrit les lèvres, comme pour lui dire quelque chose, lorsqu'il sentit soudain quelqu'un se rapprocher de lui sur sa gauche.

Kozlov.

Un sourire poli aux lèvres, il se tourna vers le petit homme replet et sa compagne – qui le dépassait d'une bonne dizaine de centimètres. Non seulement ils attiraient des regards curieux, mais Aleksander était en outre conscient de l'incongruité de la situation. Il était en effet inhabituel que deux membres de l'organisation se saluent aussi ouvertement en public. D'un autre côté, tout le monde savait que Kozlov venait de vendre ses actions de sa précieuse société, après que, grâce à Lykos qui lui avait cédé les siennes, Aleksander en eut détenu quasiment la totalité.

Aussi ne devait-il pas oublier qu'après cet échec cuisant, Ilian Kozlov était capable de se tirer une balle dans le pied, ce qui faisait de lui un adversaire encore plus dangereux.

— Majesté..., fit celui-ci d'un ton franchement venimeux.

Pour toute réponse, Aleksander inclina la tête. Mais quand il croisa le regard de Kozlov, il y surprit une lueur soupçonneuse.

— Que faites-vous ici ? demanda l'oligarque avec une arrogance insupportable.

— J'ai appris que le Sultan de Bur'hran était à Macao et je serais ravi de le délester de ses pur-sang favoris. Si vous voulez bien m'excuser, dit Aleksander en faisant mine de s'éloigner.

— Tiens tiens... Et vous ne souhaitez pas retenter votre chance avec moi ?

Un sentiment de triomphe traversa Aleksander. Il s'arrêta et se retourna vers Kozlov.

— Auriez-vous peur de perdre, cette fois-ci ? poursuivit ce dernier avec mépris.

— Vous n'avez plus rien qui m'intéresse, Kozlov.

L'espace d'un instant, la blonde plantureuse accrochée à son bras perdit sa contenance, elle lâcha le bras de Kozlov et dévisagea Aleksander en écarquillant les yeux. Mais son compagnon remit vite le bras en place, d'un geste si brutal qu'elle faillit perdre l'équilibre. Aleksander se retint de serrer les poings et dut faire un effort pour ne pas dire à ce salaud ce qu'il pensait de lui.

— En revanche, vous, vous avez quelque chose qui m'intéresse, riposta Kozlov.

Là, il dépassait les bornes !

— Parlez franchement ou fichez-moi la paix, Kozlov. Je n'ai pas de temps à perdre, déclara Aleksander avec mépris.

L'oligarque le foudroya du regard, les joues écarlates.

— Je vous l'ai dit : je veux une place à votre table.

Aleksander le gratifia d'un sourire glacial.

— Non.

Puis il s'éloigna, le cœur battant à tout rompre, compta jusqu'à trois…

— Si vous gagnez, je vous cède mon adhésion. Si c'est moi qui gagne, vous me cédez la vôtre.

Une décharge électrique traversa Aleksander. Il se retourna et toisa Kozlov d'un air faussement incrédule.

— Sans protester ? Je ne vous crois pas.

— Nous pouvons le mettre par écrit. La maison fera office de témoin et le chef de partie veillera au bon déroulement du jeu.

Ce genre d'accords était malavisé et irrégulier, mais se pratiquait néanmoins, bien que rarement – et c'était exactement ce qu'Aleksander avait espéré. Le fait que Kozlov croie en être l'instigateur représentait un bonus.

Dès qu'il eut accepté le marché, ils réglèrent les formalités avec le responsable de salle qui les conduisit ensuite vers la table privée où se déroulerait la partie. Aleksander n'avait pas oublié Henna, bien sûr, qui l'attendait au bar, mais quand il lui expliquerait la cause de son départ, elle comprendrait.

Aleksander souleva le bord de ses deux cartes et regarda les quatre retournées au centre de la table. Lui et Kozlov s'étaient suffisamment affrontés au jeu pour se deviner. Non seulement le comportement de l'oligarque était souvent imprévisible, mais il semblait mû par une force brute. Aleksander évalua rapidement les jetons de son adversaire – il avait de l'avance sur Kozlov mais cela pouvait se renverser en une ou deux mains. Il décida néanmoins de passer et reposa ses cartes face contre tapis.

Kozlov ratissa les jetons vers lui et commanda une vodka. Aleksander en profita pour baisser les yeux sur sa montre, lorsque le responsable de salle s'avança vers leur table.

— Seriez-vous disposés à accueillir un nouveau joueur, messieurs ?

C'était bien le dernier souhait d'Aleksander...

— Cela ne changera rien à notre contrat ? demanda-t-il à Kozlov.

— Non. Le gagnant remporte l'adhésion du perdant.

— Et le troisième ? demanda Aleksander sans quitter Kozlov des yeux.

— Il ne joue que le pot, répondit le Russe.

— OK, acquiesça Aleksander.

Mais quand il leva les yeux et vit le « nouveau » prendre place à leur table, il reçut un choc. Car le nouveau joueur était une femme, et pas n'importe laquelle.

Comment Henna avait-elle pu accéder à une table privée, bon sang ?

9.

C'était à cause de la robe, songea de nouveau Henna. *Et* parce qu'il lui restait très peu de temps à passer avec Aleksander. *Et* parce qu'elle ne supportait pas l'idée de le laisser seul face à Kozlov. Il lui en avait assez dit sur lui pour comprendre à quel point cet homme était dangereux. En outre, elle avait frémi en voyant la mine patibulaire des deux gardes rapprochés de l'oligarque russe postés de chaque côté de l'entrée.

Aleksander désapprouvait sa venue, il la jugeait même sans doute inexcusable, mais Henna se devait d'être là, à ses côtés.

— Ilian Kozlov, dit le Russe en guise de présentation.

— Henna Olin, répliqua-t-elle.

Lorsque Kozlov la regarda en plissant les yeux, elle *sentit* Aleksander se raidir.

— Vous êtes la fille de l'ancien P-DG d'Olin Tech ?

Henna acquiesça d'un hochement de tête.

— J'ai eu l'occasion de rencontrer votre père. Il était d'une intelligence… féroce.

— En effet, dit-elle d'un ton neutre.

Aleksander la regardait d'un air furieux, mais dès l'instant où Kozlov cessa de s'adresser à elle, son regard redevint impénétrable.

— Majesté, enchaîna-t-elle alors en inclinant légèrement la tête.

— Vous vous connaissez ? fit Kozlov en les regardant tour à tour.

— Tout le monde connaît le roi de Svardia, repartit-elle avec calme.

Elle avait été sincère quand elle avait dit à Aleksander qu'elle savait ce qu'était un tyran. D'autre part, elle savait jouer aux cartes. Son père lui avait appris à compter dès son plus jeune âge avec un jeu de cartes. Ensuite, il lui avait appris à jouer au whist, au rami et au 21, et quand il avait dû être hospitalisé, ils s'étaient mis au poker.

— La mise initiale est de dix mille, déclara Aleksander.

Henna hocha la tête, réalisant qu'il ignorait tout de sa situation financière. D'autant plus que, vu qu'elle travaillait, il ne soupçonnait pas qu'à la mort de son père, elle avait hérité d'une véritable petite fortune.

Calmement, elle posa ses jetons sur la table, secrètement ravie de surprendre Aleksander. Lui qui se targuait de tout savoir et de tout voir…

Le donneur les regarda tous les trois l'un après l'autre et commença à distribuer les cartes. Les premières mains furent jouées sans incident. De temps en temps, la blonde sculpturale apparaissait à côté de Kozlov, lui demandait de l'argent, puis disparaissait. Mais tous trois demeuraient concentrés principalement sur le jeu, lorsque Kozlov dit soudain :

— C'est la première fois que vous jouez ici, n'est-ce pas, mademoiselle Olin ? Sinon, je vous aurais reconnue, j'en suis certain.

Son regard croisa le sien.

— Cela fait un moment que je n'avais pas joué, répliqua Henna en feignant de se concentrer sur ses cartes.

— Eh bien, j'ai eu récemment le plaisir d'avoir le roi de Svardia pour adversaire, et je dois avouer que cela m'a coûté très cher. Je ne le lui ai pas pardonné.

— Si vous perdez cette main, monsieur Kozlov, ce ne sera pas sa faute.

— Je voulais simplement vous prévenir, répliqua le Russe en plongeant son regard dans celui d'Henna. Il a toujours une idée derrière la tête, et au moins deux longueurs d'avance…

Son ventre se noua malgré elle, mais elle garda son sang-froid. Elle ne pouvait pas se trahir, ni trahir Aleksander. Cependant, elle devait tenir compte de la menace explicite contenue dans l'avertissement de Kozlov.

— Cessez de pontifier et concentrez-vous sur le jeu, intervint sèchement Aleksander en le foudroyant du regard.

Les yeux rivés à ceux d'Henna, Kozlov relança de dix mille.

— Il n'a aucune patience, notre Roi, lança-t-il d'un ton ironique.

Savait-il qu'elle travaillait pour la famille royale ? Ou la prenait-il à partie contre Aleksander pour le provoquer ? C'était à elle de parler, elle relança, captant un instant l'attention des deux hommes, avant que le donneur révèle le « tournant » – la quatrième carte du tableau posé au centre de la table.

— Personnellement, je trouve que la meilleure façon de jouer est de le faire avec honnêteté, dit-elle, en regardant cette fois Aleksander droit dans les yeux.

Pas question de se laisser intimider par l'autorité mêlée de colère qui s'y lisait. Ni de se laisser troubler par le courant brûlant qui y succéda et se propagea en elle.

Le tournant la rapprochait de la main qu'elle visait, mais elle préféra attendre de voir ce que les deux autres faisaient. Son cœur lui martelait la poitrine, une excitation insensée courait dans ses veines.

— Avec honnêteté ! Très original, fit le Russe, l'air amusé. Qu'en pensez-vous, Aleksander ?

— Dernier tour de mise, dit le donneur durant le bref silence qui suivit la question de Kozlov.

Aleksander poussa trois cent mille sur la table.

— Ce que j'en pense est très simple, Kozlov. Vous avez menacé ma sœur. J'ai bien l'intention de vous le faire payer *très* cher, et pendant *très* longtemps.

Surprise par sa franchise, Henna les dévisagea tour à tour.

Kozlov suivit et lança en ricanant :

— Eh bien, reste à savoir qui sera le gagnant !

Henna suivit. Imperturbable, le donneur brûla une carte et en ajouta une ouverte au centre, la « rivière » – la cinquième et dernière carte du tableau.

Son cœur s'arrêta de battre. Les deux hommes continuaient de se défier du regard, mais elle ne voyait que la carte dont elle avait besoin.

Le roi de cœur.

— Alors, *Majesté* ? Vous avez mieux que ceci ?

Le Russe plaqua ses cartes retournées sur la table. Un bruit blanc emplit les oreilles d'Aleksander. Mais ce n'était pas la quinte de Kozlov qu'il regardait. C'était Henna, ses grands yeux scintillant de reflets mordorés.

La soie bleu nuit faisait ressortir sa peau claire et satinée, il brûlait de glisser les doigts dans le décolleté plongeant, de sentir le pouls battre à la base du cou gracieux, de dénuder les seins doux et fermes. En l'espace d'un instant, il oublia Kozlov et sa soif de vengeance et ne désira plus qu'une chose. Donner à Henna ce qu'elle lui avait demandé – *tout*.

Il jeta ses cartes sur la table – une couleur qui l'emportait sur la quinte de Kozlov.

— Votre adhésion est à moi, dit-il en repoussant sa chaise en arrière.

Sans plus attendre, il se leva, impatient d'emmener Henna loin de ce salaud et d'être seul avec elle dans sa suite.

— Et votre argent est à *moi*, enchaîna-t-elle en fixant le Russe.

Elle se leva à son tour, les yeux étincelants.

— Carré. Mademoiselle Olin gagne le pot, déclara le donneur en poussant les jetons vers elle.

Une sensation grisante envahit Aleksander, de fierté, de puissance, d'émerveillement et de plaisir conjugués. Henna fit glisser un jeton en direction du donneur, et le responsable de salle vint ramasser le restant avant de s'éclipser discrètement.

— Vous étiez de mèche ? Vous avez triché ! hurla Kozlov, hors de lui.

Le donneur fit signe aux agents de sécurité du casino.

— L'intégrité du Roi ne saurait être remise en question, ni la capacité de l'établissement à repérer un tricheur, Kozlov, décréta Aleksander.

Deux hommes en costume noir apparurent, encadrant les gardes rapprochés de Kozlov interpellés au passage.

— Et les ressources des femmes de Svardia ne doivent pas être sous-estimées, enchaîna Henna d'une voix ferme. Vous ne vous approcherez plus de Marit ni de notre pays.

Ni de l'organisation, ajouta Aleksander en son for intérieur.

Kozlov ouvrit la bouche et la referma, la teinte de ses joues vira au violet. Aleksander contourna la table pour rejoindre Henna, et quand il posa doucement la main sur son dos nu, une décharge électrique lui traversa tout le corps.

Une seconde plus tard, ils s'éloignaient ensemble du salon privé sans un regard en arrière.

Ils ne s'arrêtèrent qu'en arrivant devant l'ascenseur privé permettant d'accéder directement à sa suite et attendirent que les portes dorées s'ouvrent devant eux. Aleksander recula légèrement de façon à se placer derrière Henna, puis il se pencha vers le grain de beauté, juste au-dessous de l'oreille, pour y déposer un baiser brûlant.

Un violent frisson la parcourut et se répercuta en lui, exacerbant le désir qui le ravageait.

— Tu m'as dit que tu voulais tout de moi. Le veux-tu encore ? demanda-t-il, la voix rauque.

— Oui, dit-elle en croisant son regard dans la paroi réfléchissante des portes.

— Même si nous n'avons qu'une seule nuit ?

— Cela me suffira.

Elle mentait, Aleksander le savait – parce que de son côté, cela ne lui suffirait jamais –, mais il accepta le mensonge parce que son désir d'elle était maintenant trop puissant pour être endigué, sauf si Henna le lui demandait.

Les portes dorées coulissant soudain sans bruit, il la poussa doucement en avant et referma les doigts sur une hanche ronde pour l'attirer contre lui. Les portes se refermèrent derrière eux.

— Quand as-tu appris à jouer au poker ? chuchota-t-il en levant sa main libre pour lui caresser l'épaule du bout du pouce.

Henna renversa la tête en arrière, lui offrant ses lèvres. Les mamelons tendaient la soie, véritable invite à la luxure.

— Il y a longtemps. Bien avant de te connaître… murmura-t-elle en redressant la tête.

Cette créature taquine, sensuelle et puissante était à lui, pour une nuit entière, et il se consacrerait à elle corps et âme. Pas parce qu'elle les avait battus tous les deux, lui et Kozlov, mais à cause de qui elle était. Aleksander haussa un sourcil, elle se mordit la lèvre, frissonna tout entière, puis leva la main et lui effleura le cou du bout des doigts, les laissa glisser sur sa nuque, le geste faisant ressortir les seins dont Aleksander brûlait de caresser les pointes saillant sous la soie.

Lentement, il fit descendre les fines bretelles sur les épaules à la peau claire, et, comme par enchantement, la robe glissa jusqu'au sol, dévoilant les courbes affolantes. Il entendit à peine le halètement d'Henna tant son cœur battait fort. Refermant le bras sur les seins dénudés, il la serra contre lui tandis qu'elle se pressait contre son érection en laissant échapper un nouveau halètement. Il était encore tout habillé, alors qu'elle portait maintenant en tout et pour tout un string de dentelle noire et des escarpins à talons d'une hauteur vertigineuse.

Henna avait le corps en feu. Le moindre regard, la moindre caresse d'Aleksander l'embrasaient. Chaque baiser, chaque coup de langue, faisaient naître en elle des frissons délicieux qui se propageaient dans tout son corps. La tête renversée en arrière et appuyée contre une solide épaule, elle ferma les yeux et s'offrit aux lèvres d'Aleksander.

Les portes de l'ascenseur s'ouvrirent derrière eux, presque sans bruit, il la souleva dans ses bras, et, d'instinct, elle referma les doigts sur la nuque chaude et entendit ses escarpins tomber sur le parquet.

Le regard soudé au sien, Aleksander traversa un luxueux salon et entra dans une chambre baignée de halos rose fuchsia, bleu électrique, jaune d'or, vert fluo et magenta foncé. Il l'étendit sur le lit éclairé par le kaléidoscope dont les projections multicolores pénétraient dans la chambre par la baie vitrée et se redressa, sa haute silhouette se découpant sur ce paysage lumineux fantastique.

D'un geste rapide, il se débarrassa de sa veste de smoking et la lança dans un fauteuil. Puis il tira sur le nœud papillon noir, l'attrapa par un bout et le fit glisser sous son col de chemise avant de l'envoyer rejoindre la veste. Tout en dévorant Henna des yeux. Il ne la touchait pas, mais elle sentait la caresse de son regard sur sa peau.

Fascinée, elle le regarda tirer la chemise hors du pantalon.

Les gestes d'Aleksander étaient précis, rapides, et empreints d'une sensualité inouïe.

— Tu pourrais me demander n'importe quoi, là, maintenant, et je te l'accorderais. Comprends-tu ? demanda-t-il, furieux, en s'arrachant littéralement la chemise des épaules avant de la balancer à travers la pièce.

Sa colère ne fit qu'attiser le désir d'Henna. Elle aussi était furieuse. Parce qu'Aleksander ne serait jamais à elle.

— J'ai passé des années à garder mes distances, même avec les êtres qui me sont chers, pour ne pas prendre le risque d'être trahi encore une fois. Mais toi, tu pourrais tout me prendre, que je voudrais t'en donner encore plus.

Il croyait qu'elle détenait le pouvoir de le rendre vulnérable, faible. Il avait été amené à payer le prix fort pour pouvoir régner, et pour que ça en vaille la peine, pour que *la décision de Kristine* en vaille la peine, il devait être le meilleur chef d'État et ne s'autoriser aucune faiblesse, aucune vulnérabilité, aucune émotion. Henna aurait tant aimé lui montrer qu'il y avait un autre moyen, une autre manière de vivre qui ne l'obligerait pas à se couper de tous ceux qui l'entouraient. Mais il s'accrochait si désespérément à la certitude qui lui avait permis de survivre à son chagrin, la certitude que se refuser toute émotion était la seule façon d'avancer, qu'elle n'osa pas le détromper.

— Je comprends, acquiesça-t-elle en refoulant ses larmes.

— Henna, je…

Aleksander secoua la tête et s'interrompit, s'agenouilla

sur le lit et l'attira vers lui avant de prendre sa bouche avec fièvre.

Leurs langues s'enlaçaient, se cajolaient, se repoussaient pour mieux se retrouver. Henna s'abandonna tout entière, oubliant tout, jusqu'à sa propre identité. Elle n'aurait pu expliquer pourquoi elle désirait cet homme avec une telle force. Pourquoi elle avait farouchement besoin de lui. Elle posa les doigts sur la ceinture du pantalon et écarta sa bouche de la sienne pour voir le désir flamboyer dans les yeux sombres. Lentement, elle referma la paume sur la puissante érection, mais quand elle voulut déboutonner la braguette, Aleksander lui saisit le poignet pour l'en empêcher.

— Tu as dit que tu exaucerais tous mes désirs, chuchota-t-elle.

Il laissa échapper un juron étouffé et lui lâcha le poignet. Henna défit les boutons un à un et effleura le membre excité à travers le caleçon noir tandis qu'Aleksander tremblait sous la caresse. Le pouvoir qu'elle détenait sur lui l'émerveilla. Et quand elle fit descendre le caleçon sur les hanches étroites, libérant l'impressionnante érection, il bascula sur le dos pour lui permettre de l'en débarrasser complètement.

Étendu ainsi sur les draps couleur ivoire, il la regardait, les yeux étincelants. Henna s'installa entre ses jambes et, penchant la tête, lécha délicatement le membre viril, savourant le goût de sa peau. Un sentiment d'ivresse l'envahit, une chaleur délicieuse déferla en elle. Doucement, elle le prit dans sa bouche tandis qu'Aleksander soulevait légèrement les hanches. Elle instaura alors un lent va-et-vient qui lui arracha une plainte rauque. Puis il souleva de nouveau les hanches et poussa un juron.

Mais lorsque Henna passa le bout de la langue sur

l'extrémité du sexe ferme et chaud, Aleksander lui prit la tête à deux mains pour l'arrêter.

— Si je n'ai droit qu'à une seule nuit avec toi, je n'ai pas de temps à perdre, Henna.

Sur ces mots, il la fit glisser le long de son corps et l'embrassa sauvagement. Ses mamelons déjà durcis frémirent, la chaleur se répandit entre ses cuisses.

Aleksander la fit rouler sous lui, puis, appuyé sur un coude, il laissa descendre la main sur son corps, saisit la fine bande de soie noire qui glissa bientôt sur sa jambe avant d'atterrir sur le sol. Les longs doigts remontèrent sur son mollet, son genou, sa cuisse, jusqu'à l'endroit secret où Henna brûlait pour lui.

D'un geste possessif, il pressa la paume sur son clitoris et caressa l'orée de son sexe avant d'enfoncer un doigt en elle. Le plaisir monta inexorablement, elle le sentit se déployer en elle, tout son corps se mit à trembler. Jusqu'à ce que, enfin, l'ultime vague l'emporte et qu'Henna s'abandonne à la jouissance en poussant un cri.

— *Aleksander.*

Elle avait murmuré son prénom dans un sanglot. De son côté, il l'avait regardée jouir, sombrer dans l'extase. Il ne pouvait s'empêcher de la toucher. Doucement, il caressa les cuisses à la peau satinée, les hanches rondes, la taille si fine qu'il aurait pu l'entourer de ses mains. Il la ferait jouir, encore et encore. Ils avaient toute la nuit.

Mais soudain, cette perspective l'effraya. Au même instant, le regard d'Henna croisa le sien, comme si elle avait senti le changement qui s'opérait en lui. Il sourit et refoula ses craintes, puis se pencha pour lui embrasser l'épaule, le cou, avant de reprendre sa bouche tandis qu'elle creusait les reins pour mieux s'offrir à lui.

— Henna…

— Je t'en supplie…

— Même avec un préservatif…, commença-t-il, furieux que le devoir et le chagrin fassent irruption maintenant, dans ce lit.

— Je prends la pilule, chuchota Henna.

De la compassion et de la compréhension se lisaient dans les beaux yeux noisette. Il ne les méritait pas. Cette double protection éliminait tout risque d'accident, mais faire l'amour avec elle n'en demeurait pas moins un acte terriblement dangereux – pour lui.

— Mais je ne te demanderais jamais de faire quoi que ce soit contre ton gré, poursuivit-elle d'un ton solennel.

Aleksander ne put retenir un petit rire amer. Il la désirait plus qu'il n'avait jamais désiré aucune autre femme. Mais comment oublier l'insouciance et la négligence dont il avait fait preuve autrefois, et qui l'avait fait tel qu'il était devenu et demeurerait toujours ? Comment pardonner à l'adolescent qui avait causé la tragédie dont ils avaient été victimes, lui et Kristine ?

Cependant, il était un adulte, maintenant. Henna aussi. Et ils avaient les moyens de se protéger. Par ailleurs, le passé était le passé, il n'y pouvait rien changer. En revanche, il pouvait donner à Henna ce qu'elle lui demandait. Le temps d'une nuit.

Sans plus réfléchir, Aleksander tendit la main vers le tiroir de la table de nuit et y prit un préservatif. Les yeux mi-clos, elle le regarda déchirer le sachet et dérouler le préservatif sur son érection. Quand il s'installa au-dessus d'elle en s'appuyant sur les avant-bras, elle écarta les jambes et, à l'instant où il donna un premier coup de reins et s'enfonça dans sa merveilleuse chaleur, sa dernière pensée fut qu'il se sentait en sécurité. Ensuite, son esprit se vida complètement. Plus rien n'existait que cet enivrant va-et-vient et leurs gémissements de plaisir mêlés. Comme s'ils avaient enfin franchi un seuil invisible auquel ils s'étaient heurtés pendant trop longtemps.

Il les conduisit jusqu'au bord du gouffre, encore et encore, mais s'arrêta à chaque fois juste à temps, se disant qu'il le faisait pour Henna, parce qu'il voulait lui offrir ce qu'elle méritait.

Ce n'était pas faux, mais pas tout à fait vrai non plus. Parce que, au tréfonds de lui-même, Aleksander se sentait tout près d'atteindre à la complétude, mais qu'il n'était pas prêt à lâcher prise.

Il savoura la sensation, s'en approcha au plus près, jusqu'à ce qu'il réalise que s'il ne se ressaisissait pas, il allait tomber dans le précipice. Mais lorsque leurs corps devinrent moites et brûlants, que les cris d'Henna se firent suppliants, quand son propre corps se mit à trembler, il cessa de lutter et bascula avec elle dans un abîme de volupté dont il n'était pas sûr de vouloir remonter.

10.

Aleksander dormait encore lorsque Henna revint dans la chambre après avoir pris une douche. Elle le regarda, allongé sur le dos en travers du grand lit, le drap remonté jusqu'au nombril.

Il avait tenu parole et l'avait comblée. Il avait exaucé tous ses souhaits, satisfait tous ses désirs, même les plus secrets. Par moments, il l'avait pénétrée si profondément que les frontières s'étaient brouillées. Ils ne faisaient plus qu'un et… Son cœur tressaillit. Elle avait cru découvrir une part d'elle-même qui, à son insu, lui avait manqué jusque-là. L'espace d'un instant, elle avait été jusqu'à penser qu'elle ne serait plus jamais seule.

Une sensation désagréable envahit Henna, le sol lui parut soudain instable, son cœur s'emballa. Elle l'aimait. Elle *aimait* Aleksander. Durant toutes ces années, elle avait appris à le connaître de loin, mais maintenant elle le connaissait de la façon la plus intime qui soit. Elle connaissait sa force et sa faiblesse, sa dureté et sa douceur, sa résolution, son ambition et sa détermination, mais elle savait aussi qu'il pouvait être drôle, surprenant et impossiblement sexy.

Aleksander n'était pas facile, il pouvait se montrer distant et froid, mais il protégeait farouchement les siens. Et elle comptait pour lui, Henna le savait, mais il la voyait aussi comme une menace, pour son pays et pour lui-même. Et rien de ce qu'elle pourrait dire ou faire ne le convaincrait du contraire.

Refoulant un sanglot, elle se tourna vers la vitre mais au lieu de voir le paysage fantastique, elle se vit rentrer à Svardia, accueillir Freya à son retour, mettre au point les derniers préparatifs des fiançailles de son amie, puis partir à Londres où une existence solitaire l'attendait, loin d'Aleksander. Jamais plus elle ne serait enveloppée dans sa chaleur virile, ne sentirait les lèvres fermes et douces errer sur sa peau. Jamais plus elle ne serait émue par la force du lien qui les unissait, si unique, si pur, et si intime.

Un tremblement monta en elle, des frissons la parcourent. Cette nouvelle perte, ce nouveau chagrin seraient encore plus dévastateurs que les précédents. Elle aimait Aleksander mais lui ne l'aimerait jamais, parce qu'il s'interdisait tout engagement émotionnel. Il s'était emprisonné dans un labyrinthe aux allées si nombreuses, si complexes qu'il n'en sortirait sans doute jamais. Il ne *souhaitait* pas en sortir, trop enfermé dans le chagrin et le devoir. Le cœur d'Henna se brisa. Les larmes se pressant sous ses paupières, elle resserra les pans du peignoir sur son buste en battant farouchement des cils.

Un reflet bougea sur la vitre. Aleksander se tenait derrière elle, le drap noué autour de la taille. Une tension formidable émanait de lui, comme lorsqu'il désirait quelque chose mais s'interdisait de céder à ce désir.

Son cœur se brisa de nouveau. Parce que ce quelque chose, c'était elle, Henna.

— Tu regrettes ? demanda Aleksander, la gorge serrée.

Il n'avait jamais pu poser cette question à Kristine, mais cette fois, il ne reculerait pas devant la vérité. Henna méritait mieux que sa lâcheté. Il serra les poings. Il ne supporterait pas qu'elle…

— Non, dit-elle en se retournant vers lui.

La sincérité se lisait sur ses traits, mais cela ne suffit pas à chasser la peur qui étreignait Aleksander. Elle leva la main et la lui posa sur la joue. Il ferma les yeux, acceptant le réconfort qu'il ne méritait pas.

— Non, répéta-t-elle doucement.

Elle se haussa sur la pointe des pieds et appuya ses lèvres contre les siennes, une fois, deux, puis une troisième. Et quand il lui ouvrit sa bouche, il eut le sentiment de remporter une victoire. Sur lui-même, sans doute. Le goût d'Henna le grisait. Elle l'hypnotisait. Il tira sur la ceinture du peignoir et glissa les doigts sous la soie, avide de retrouver la douceur de la peau satinée et douce.

Rouvrant les yeux, Aleksander la prit par la taille et l'attira farouchement contre lui sans qu'elle proteste ou interrompe le baiser. Et quand il la souleva dans ses bras, elle lui enroula aussitôt les jambes autour des hanches. Il repoussa le peignoir qui chut sur le sol, rejoint bientôt par le drap transformé en pagne improvisé.

Plus aucune barrière ne les séparait. Le désir rugissait en lui, mêlé d'un autre, tout aussi puissant – mais auquel il ne céderait jamais.

Il se dirigea vers le lit, y allongea Henna et redressa la tête.

— Je…

— Finissez ce que vous avez commencé, Majesté, l'interrompit-elle, les yeux étincelants de défi, de complicité et de désir.

Henna ?

Elle se retourna et sourit à la jeune femme qui s'avançait

vers elle dans le couloir. Connaissant bien Lisbeth pour avoir travaillé avec elle pendant trois ans, Henna savait que, après son départ, elle serait parfaite pour Freya. Mais son sourire disparut en voyant le regard inquiet de Lisbeth.

— Tout va bien ? demanda-t-elle en plissant le front.

— Oui, oui. Je… Tu as oublié quelque chose ?

— Oui, un dossier dont j'ai besoin.

— Ah… Eh bien…

Entendant la porte de son bureau s'ouvrir derrière elle, Henna se retourna et vit Freya en sortir.

— Ah, te voilà. Tu veux bien… ?

Son amie l'avait-elle cherchée ? Lorsque Freya était rentrée avec Kjell, elles avaient passé toute une journée ensemble comme prévu. Elles avaient partagé des moments merveilleux et le bonheur de Freya faisait plaisir à voir.

À deux reprises, son amie lui avait demandé si elle allait bien. À chaque fois, Henna avait songé à Aleksander et avait menti en affirmant que tout allait bien de son côté.

Elle avait pensé que, une fois rentrée à Svardia, son hypersensibilité disparaîtrait. Or une sorte de sixième sens l'alertait dès qu'Aleksander se trouvait à proximité. Des petits frissons lui parcouraient la peau, son pouls s'accélérait.

Consciente que cette situation ne pouvait pas durer, Henna avait hâte d'arriver à la fin de son préavis. Tout en ne pouvant s'empêcher d'espérer qu'il change d'avis.

Quelle idiote ! Comme s'il pouvait la choisir comme reine !

— Allez, viens, dit son amie en lui prenant le bras.

Elle se força à lui sourire, et réalisa que Freya et Lisbeth avaient toutes les deux l'air… excité.

Freya ouvrit la porte de son bureau…

— Surprise ! cria un chœur de voix enjouées.

La pièce était remplie à craquer – à tel point qu'une

partie de ses collègues avaient dû se retrancher dans le bureau adjacent dont la porte était grande ouverte. Une banderole était suspendue au-dessus de son bureau, des petites assiettes de pâtisseries et d'amuse-gueules passaient de main en main. Soudain, Freya lui glissa un verre entre les doigts et Henna se retrouva assise sur une chaise au centre de la pièce. Elle ne put s'empêcher de sourire, mais ses lèvres tremblaient.

— Tu croyais qu'on allait te laisser partir sans organiser une petite fête en ton honneur ? la taquina Freya.

— À vrai dire, je croyais que la plupart d'entre vous seraient occupés à organiser une *grande* fête en l'honneur de *quelqu'un d'autre*, répliqua-t-elle sur le même ton.

Des protestations montèrent de toutes parts, suivies de rires lorsque Freya s'exclama, l'air faussement vexée :

— Hé, je n'ai pas été aussi despotique, quand même !

C'était cela qu'Henna aimait, au Palais. Il ne s'agissait pas de prestige. Ni du fait que l'on y côtoyait des personnes influentes. C'était cette famille sympathique qu'ils avaient créée. On travaillait beaucoup, souvent jusque tard le soir, mais le noyau d'individus qui collaboraient de façon étroite avec la famille royale, celles et ceux qui détenaient des informations confidentielles, étaient unis par des liens amicaux. Et pour la première fois, Henna se rendait compte que ce n'était pas seulement Freya, Marit et leur frère qu'elle allait quitter. C'était aussi Anita Bergqvist, l'Intendante de la Maison royale, qui avait été l'une des premières à la féliciter, Jean et Ella, les responsables administratifs, Mikael, Anders et Birgit, les responsables de la sécurité, c'étaient toutes celles et ceux qui s'étaient rassemblés aujourd'hui pour lui dire au revoir, heureux pour elle, et tristes de la voir partir.

— Non, pas *vous* ! cria quelqu'un, en réaction à l'exclamation de Freya.

Tout le monde comprit l'allusion – Aleksander avait été particulièrement difficile ces temps-ci.

— Je vous ai bien entendu, dit alors une voix familière depuis le fond de la pièce.

Des excuses fusèrent, toutes lancées avec bonne humeur et humour, tandis qu'Henna sentait son cœur se briser encore une fois. Mais dans l'excitation générale, personne ne remarqua sa détresse.

— Un discours ! Un discours !

— Non, non ! s'exclama-t-elle en secouant la tête.

Les cris redoublèrent. Elle contempla les visages aux yeux brillants, sentit la chaleur du regard d'Aleksander dardé sur elle, inspira profondément, et se leva.

— Peu de gens savent ce que nous faisons, commença-t-elle. Heureusement, parce que sinon, cela voudrait dire que nous sommes très mauvais.

Rires.

— Et le plus important, c'est que le peuple de Svardia ait confiance en notre… notre famille royale.

Elle regarda Freya, le cœur débordant d'affection.

— Confiance en nos Princesses et notre Roi, poursuivit-elle en tournant la tête du côté où se trouvait Aleksander, mais sans le voir. Cela demande souvent des sacrifices, et, la plupart du temps, ces sacrifices passent inaperçus. Mais *nous* le savons. *Nous* les voyons. Nous comprenons leur nécessité et nous…, je… Je vous en remercie, acheva-t-elle, la voix vibrante d'émotion.

Des larmes brillaient dans les yeux de Freya, et dans ceux de nombre de ses collègues, mais Henna savait qu'Aleksander l'avait entendue lui aussi. Elle voulait qu'il sache que, même si c'était très douloureux, elle comprenait. Qu'elle comprenait le sacrifice qui avait été fait pour lui autrefois et celui qu'il faisait maintenant, pour Svardia.

— C'est nous qui étions censés te remercier ! cria Freya en la serrant dans ses bras.

Henna en avait besoin. Surtout quand elle devina qu'Aleksander s'éclipsait discrètement, profitant du tapage. Elle n'aurait pas dû, elle le savait, mais elle s'excusa et sortit précipitamment de la pièce.

Aleksander entendit la porte s'ouvrir et s'arrêta net, le cœur lui martelant les côtes. Il était trop proche d'une ligne qu'il brûlait de franchir.

Il ne pouvait pas se retourner, il n'en avait pas le droit, mais il ne put s'en empêcher. Il *devait* la voir. Parce qu'une fois qu'elle aurait quitté le palais, tout serait terminé. Il regagnerait son univers verrouillé et redeviendrait prisonnier de ses secrets à tout jamais.

Lentement, il se retourna et le regretta aussitôt.

Elle était si belle, si merveilleusement belle… Une profonde tristesse se lisait dans ses yeux magnifiques, mais elle l'assumait. Ce qu'elle vivait la rendait encore plus forte, plus forte que lui-même le serait jamais. Ils s'avancèrent l'un vers l'autre jusqu'à ce qu'il sente la chaleur d'Henna l'envelopper.

Aleksander la dévisagea en silence, se repaissant de ses traits, les gravant dans sa mémoire avant de les enfouir au plus profond de son cœur. Un vertige le gagna, un combat infernal se livrait en lui. Il brûlait de l'embrasser, de la serrer contre lui et de ne plus jamais la laisser partir. Mais il ne le pouvait pas. Il ne pouvait pas prendre un tel risque. Cela aurait rendu inutile le sacrifice de Kristine qui avait tout perdu pour qu'il devienne le Roi dont Svardia avait besoin. Or, jamais il ne se permettrait de l'oublier.

Le regard rivé au sien, Henna le dévisageait elle aussi en silence comme si, comme lui, elle s'imprégnait de ce moment et le gravait dans sa mémoire. Toutes sortes d'émotions traversèrent Aleksander. Il les partagea avec Henna en silence comme si elles ne pouvaient être exprimées verbalement. Il les partagea avec elle jusqu'à ce qu'elles disparaissent complètement. Parce qu'il était le Roi et elle la seule femme qu'il ne pourrait jamais épouser, pour la simple raison qu'elle représentait une menace pour lui.

Quelque chose se rompit en lui, au plus profond de son être. Henna recula d'un pas, comme si elle l'avait senti. Au moment où Aleksander allait faire un pas en avant, tendre la main pour se raccrocher à elle pour ne pas sombrer, la porte se rouvrit sur Freya.

Il se ressaisit mais trop tard. Sa sœur en avait trop vu, il le sut même s'il n'avait pas détaché le regard de la femme qui se tenait en face de lui.

— Tout va bien ? Henna ?

C'était fini, il le savait. C'était la dernière fois qu'il la voyait ainsi. La dernière fois qu'il serait aussi près d'elle, sans les barrières que son cœur cherchait déjà à redresser. Il s'imprégna une dernière fois de sa vue, regarda le petit grain de beauté, juste au-dessous de l'oreille, les éclats d'or et de jade dans ses yeux, la frange qu'il aurait voulu repousser du haut front lisse, les lèvres qu'il n'avait pas assez embrassées…

Aleksander serra le poing et, sans un mot, se détourna et s'éloigna à grands pas dans le couloir.

Henna le regarda s'éloigner, le cœur en lambeaux, tandis que Freya s'avançait vers elle, l'air inquiet.

— Henna…

— Non, Freya, l'interrompit-elle en lui prenant les mains.

Elle les serra dans les siennes, la suppliant muettement de ne pas lui poser de questions. Parce qu'elle ne résisterait pas longtemps et lui raconterait tout. Elle ne devait pas succomber au désir de se confier et d'être consolée. Ce serait trahir Aleksander et cela, elle ne le ferait jamais. Mais elle ne voulait pas non plus mentir à Freya.

Doucement, celle-ci libéra ses mains et lui massa doucement le dos en silence.

— Tu viendras, demain soir, n'est-ce pas ? demanda-t-elle au bout d'un long moment.

— Nous allons fêter tes fiançailles, Freya ! s'exclama Henna avec un petit rire tremblant. Tu crois vraiment que je pourrais ne pas être là ?

— Non.

L'amour et la joie irradiaient des traits de Freya. Henna aurait voulu les éprouver elle aussi, mais elle se concentra sur son amie. Freya *méritait* d'être heureuse.

— Réponds-moi franchement, cela te dérangerait, si je partais un peu plus tôt que prévu ?

— De la fête ?

Henna secoua la tête. Ce qu'elle venait de partager avec Aleksander équivalait à un adieu, et elle ne pouvait supporter de rester encore deux semaines comme le requérait son préavis.

— Tu peux partir quand tu veux, bien sûr, mais…

Freya s'interrompit et la regarda un instant avant de poursuivre.

— Tu es vraiment sûre que tu veux t'en aller, Henna ? À 100 % ? Tu pourrais faire tellement de choses, ici…

Son amie ne disait pas le fond de sa pensée, et Henna lui en fut reconnaissante.

— C'est une opportunité unique, répliqua-t-elle. Et tu sais combien j'aime aider les gens.

— Mais tu n'as pas besoin de te cacher derrière quelqu'un pour aider les autres, acquiesça Freya. Tu es une femme incroyable, tu sais ? Tu es pleine de ressources, et tu as tellement de moyens… Ce que je veux dire, c'est que tu peux les mettre à profit n'importe où, et de la façon qui te convient le mieux. Tu y réfléchiras ?

Sans attendre sa réponse, Freya sourit et la prit par le bras pour aller rejoindre les autres.

Le lendemain soir, Henna enfila la robe achetée pour les fiançailles de Freya et Kjell, et tressaillit en repensant à celle qu'elle avait portée pour aller au casino, à Macao.

Au lieu d'opter pour l'élégance et la sobriété, comme elle le faisait d'habitude, et vu que depuis une heure, elle ne travaillait plus pour la famille royale et participerait à la grande fête de ce soir en tant qu'*invitée*, elle avait cédé à une impulsion et acheté cette merveille.

Pour la deuxième fois, elle s'était servie de l'argent hérité de son père et ne le regrettait pas.

Henna songea de nouveau aux paroles de Freya. Son amie avait raison. Elle ne manquait pas de ressources, ni de moyens. Et, bien que n'ayant pas encore vraiment regardé en face ce que cela représentait pour elle, Henna avait compris que ce soir, elle voulait, elle *devait*, être superbe. Par vanité, mais aussi pour se protéger. Aleksander allait présenter sa fiancée, et même si Henna savait que Freya lui aurait pardonné de ne pas être présente, elle savait tout autant qu'elle avait besoin de voir Aleksander s'afficher avec Tuva Paulin. Ce serait douloureux, mais elle devait les voir ensemble pour pouvoir tirer un trait sur ce chapitre de sa vie.

Lentement, elle se dirigea vers le miroir de son studio. C'était presque la même nuance de bleu que celle de la robe portée à Macao, mais des centaines de paillettes étaient cousues sur la soie qui, à partir de la taille disparaissait sous des flots de tulle descendant jusqu'au sol.

Dans cette robe somptueuse, Henna se sentait forte, féminine et courageuse, toutes qualités qu'elle avait toujours possédées en elle, mais cachées... jusqu'à maintenant.

Aleksander se dirigea vers la fenêtre de son salon et contempla sans les voir les jardins plongés dans l'obscurité. Il se sentait... insensible à tout. Depuis qu'elle était rentrée, Freya ne dissimulait pas sa joie et lui avait fait promettre d'aller les voir en Suède, en Dalécarlie, région de Suède dont elle était tombée amoureuse et où son fiancé possédait un chalet. Il était content. Content qu'elle ait Kjell et que Marit ait Lykos, dont on attendait l'arrivée d'un moment à l'autre.

Il s'était arrangé pour pousser ses sœurs dans les bras de deux hommes qui les aimaient et leur étaient dévoués corps et âme. D'aucuns y auraient vu de la manipulation, mais peu lui importait. La seule lumière éclairant sa vie était la certitude que Freya et Marit avaient trouvé l'amour et s'épanouissaient grâce à cet amour. Aussi ne regrettait-il rien. Pas de ce côté-là, en tout cas. En revanche, quand il pensait aux derniers événements qu'il avait orchestrés, il se demandait s'il n'avait pas eu tort. Mais qu'il ait eu tort ou raison, il était trop tard pour revenir en arrière, de toute façon.

— Tu as bien réfléchi ? demanda Tuva derrière lui. C'est vraiment ce que tu veux ?

Peu importait ce qu'il voulait. Seul comptait son devoir.

Akeksander se retourna et la regarda dans les yeux.

— Absolument.

11.

Dès son retour au Palais, Freya avait repris la direction des préparatifs entrepris par Henna. Et à elles deux, elles avaient accompli des merveilles, songea Henna en entrant dans l'immense salle de bal. De larges bandes de tulle blanc drapaient tout le pourtour du haut plafond, parsemées de guirlandes électriques dorées et formant une sorte de canopée lumineuse. Freya avait fait venir des branches d'épicéa et de lierre de Norvège, si bien qu'une atmosphère magique se dégageait de l'ensemble, mélange de sophistication et de naturel, de royal et de simple.

Henna sourit. Ce décor magnifique était à l'image de Freya et Kjell, il rendait hommage à leur dévouement et à leur générosité. Rompant un peu avec la tradition, ils avaient été les premiers à pénétrer dans la salle, de manière à accueillir personnellement les invités au fur et à mesure de leur arrivée. Marit et Lycos apparurent à l'extrémité opposée, ne voulant manifestement pas s'interposer entre le couple de fiancés et la file de personnes attendant de pouvoir les féliciter.

Depuis le couronnement d'Aleksander, c'était la première fois que la fratrie se retrouvait au complet, réalisa soudain Henna. Une douce chaleur se répandit dans sa poitrine. Freya et Marit ne le savaient peut-être pas, mais leur frère avait besoin de les avoir à ses côtés ce soir.

Lorsque Marit s'avança avec Lykos, Freya sentit sa

présence et se retourna pour lui adresser un petit geste affectueux de la main avant de revenir à ses devoirs. Marit se dirigea alors vers Henna et la serra dans ses bras en murmurant :

— Tu ne peux pas t'en aller. Je ne te laisserai pas partir.

Henna battit des paupières pour retenir ses larmes.

— Oh ! Marit… murmura-t-elle.

— Qu'allons-nous faire sans toi ?

— Vous n'avez plus besoin de moi, répliqua-t-elle en souriant à Lykos.

Le milliardaire grec inclina la tête.

— Je suis ravi de faire enfin la connaissance de la célèbre Henna dont j'ai tant entendu parler.

— Enchantée de vous rencontrer, Lykos. J'ai moi aussi beaucoup entendu parler de vous !

Les yeux brillants, Marit se mit à raconter des anecdotes sur ses voyages à Paris, Milan et Athènes, avant de lever soudain les yeux vers le balcon du premier étage.

— Qui est cette femme, au bras d'Aleksander ? demanda-t-elle en haussant les sourcils.

— Tuva Paulin, répondit Henna, le plus posément possible. L'invitée de ton frère.

Immobile au sommet des marches, Aleksander attendait que sa sœur ait accueilli les deux derniers couples d'invités. La main de Tuva était glissée dans le creux de son bras droit ; sur le flanc gauche, il portait son épée. Tout devait être parfait, ce soir. Dans les moindres détails. Cela donnerait le ton pour l'avenir de Freya et Kjell, même s'ils bénéficieraient toujours du soutien de la famille royale et, Aleksander l'espérait de tout son cœur, de celui du pays quand tous seraient au courant de son incapacité à avoir des enfants. Pas naturellement, en tout cas.

Tuva s'éclaircissant discrètement la voix, il réalisa que l'orchestre avait amorcé le morceau annonçant son arrivée. Il s'interdit de serrer le poing, sourit à Tuva, et commença à descendre les marches. Freya et Kjell les attendaient d'un côté au bas du Grand Escalier, Marit et Lykos de l'autre. L'espace d'un bref instant, Aleksander s'autorisa à savourer la joie de les avoir toutes les deux auprès de lui.

Pas pour faire plaisir à son peuple, ni pour dorer sa propre image – ainsi que ses parents n'auraient pas manqué de le lui suggérer. Non, parce qu'il les aimait. Pour la première fois, il se demanda ce qui se serait passé s'il avait pu leur parler de ce qu'il avait vécu autrefois. S'il se serait fermé autant après s'être confié à elles. Si cela l'aurait suffisamment aidé à cicatriser ses blessures pour…

À cet instant précis, il aperçut Henna et son cerveau cessa de fonctionner. Son cœur s'arrêta de battre. Un kaléidoscope de souvenirs colorés tourbillonna dans son esprit. La robe de soie bleu nuit de Macao, les étoiles dans le ciel d'Öström, la façon dont les pans de la jupe portefeuille s'écartaient, dévoilant la peau claire, le glissement des fines bretelles de soie bleue sur les épaules rondes dans l'ascenseur, l'éclat des magnifiques yeux noisette… Le même que celui qu'il voyait dans son regard, là, maintenant.

Il sentit une douce pression s'exercer sur son bras et reprit brusquement ses esprits. Il entendit la musique, les voix des invités, perçut la lueur inquiète dans le regard de Freya, devina le sourire, douloureusement parfait, de Tuva, la femme qui deviendrait bientôt son épouse, sa compagne, sa partenaire.

Quand il la présenta à ses sœurs et à leurs fiancés, Tuva échangea quelques mots aimables avec chacune et chacun d'entre eux, tout en l'observant du coin de l'œil. Lykos murmura quelques mots à Marit, qui regarda Aleksander d'un air étonnamment sérieux, avant de s'éloigner avec Tuva et Freya, le laissant seul avec ses futurs beaux-frères.

Un serviteur apparut alors avec un plateau, et tous trois préférèrent le champagne au whisky.

— Quelque chose te préoccupe, Lykos ? demanda Aleksander avant de soulever son verre pour porter un toast.

— Oui. Kozlov.

Aleksander le foudroya du regard. Il n'avait vraiment pas envie de parler de cette affaire devant témoin. Comprenant sa réticence, Lykos haussa les épaules.

— Kjell fait désormais partie de la famille. Marit m'initie à l'importance de ce concept et je commence à m'y faire.

Après une légère hésitation, Aleksander tourna les yeux vers Kjell qui soutint son regard.

— Kozlov Ilian. Oligarque russe, archi-milliardaire, homme d'affaires douteux, individu au comportement inacceptable et violent avec les femmes. En résumé : un sale type, conclut Kjell.

Lykos regarda Aleksander en haussant un sourcil, l'air de dire : « Tu vois ? »

— Oui, et il va perdre plusieurs contrats importants qui lui ont, jusqu'à présent, garanti un niveau de sécurité financière des plus confortable, enchaîna Aleksander.

— Et, attirés par le sang frais, les requins vont commencer à tourner autour de lui. Parfait, déclara Lykos sans dissimuler sa satisfaction.

Le silence s'installa entre les trois hommes, jusqu'à ce que Lykos se tourne vers Aleksander.

— Tu as choisi Tuva, alors ?

— Ce choix m'a surpris. Pas toi ? demanda Kjell à Lykos.

Au moment où Aleksander allait leur demander de quoi ils parlaient, il suivit la direction de leurs regards et vit Henna bavarder avec l'ambassadeur de France qui la dévorait littéralement des yeux.

— Si, moi aussi. Dommage, fit Lykos.

— Je suis bien d'accord avec toi.

Ces deux-là étaient ligués contre lui, comprit Aleksander. Ignorant les petits rires étouffés, et inoffensifs, qui suivirent son départ, il partit à la recherche de Tuva.

Henna eut du mal à se débarrasser de l'ambassadeur de France, qui s'était entiché d'elle mais savait garder ses distances en homme du monde qu'il était, et la laissa partir après s'être galamment incliné devant elle. À l'instant où elle repérait Freya, l'orchestre se tut et se prépara à entamer la première valse ouvrant le bal. C'était fini. Elle allait devoir affronter la vérité.

Les trois couples prirent position autour de la piste de danse. On aurait dit la séquence d'un film en costumes – Kjell en uniforme militaire, Lykos en somptueux smoking noir. Quant aux femmes... Henna se mordit la lèvre jusqu'au sang. Tuva était magnifique et sûre d'elle, la perfection incarnée, et portait une robe couleur ivoire, assortie à la teinte de l'uniforme d'apparat d'Aleksander.

Puis le chef leva sa baguette et les musiciens entonnèrent une valse, tandis que, comme par magie, les couples s'élançaient sur la piste dans une harmonie parfaite.

Elle était forte, elle y survivrait, se répéta Henna, mais cela n'empêcha pas la souffrance de la dévorer tout entière. Pas un seul instant le regard d'Aleksander ne croisa le sien, mais elle le sentait passer sur son cou, ses épaules, son dos, la clouant sur place. Plus jamais il ne la serrerait contre lui, plus jamais elle ne serait enveloppée dans la merveilleuse chaleur virile...

Son téléphone vibrant soudain dans sa pochette en velours broché, Henna émergea de sa torpeur et le prit. C'était la réponse à l'e-mail dans lequel elle demandait si elle pourrait prendre ses fonctions avant la date prévue. De toute façon, même si la réponse était négative, Henna avait décidé de partir dès le lendemain matin. Elle n'était pas masochiste. Elle avait eu *besoin* de voir Aleksander avec Tuva, de savoir que tout espoir était perdu, mais…

Elle lut l'e-mail et sentit la colère lui monter à la tête.

Non… Ce n'était pas possible…

Les joues en feu, elle relut le court message.

Votre e-mail n'aurait pas pu mieux tomber – si vous pouviez commencer à travailler pour nous dès le début de la semaine prochaine, nous en serions ravis. Nous sommes si heureux que SAR vous ait recommandée à nous… et il avait raison, vous êtes vraiment un don du ciel !

Elle se força à desserrer les doigts et remit l'appareil dans la pochette. Jusqu'à maintenant, elle avait cru avoir été repérée par un chasseur de têtes à cause de sa réputation, de son talent. Elle avait cru à un signe du destin, une opportunité de progresser sur le plan professionnel, de développer ses capacités – dans le pays d'origine de sa mère, en plus. Alors qu'en réalité, c'était Aleksander qui avait tout manigancé. Il lui avait menti. Il l'avait manipulée, lui faisant croire qu'elle *choisissait* de partir, alors qu'il avait monté cette comédie de bout en bout.

Pour l'éloigner du Palais. Pour se débarrasser d'elle.

Atterrée et furieuse, Henna redressa la tête et, pour la première fois de la soirée, le regard d'Aleksander croisa le sien, mais elle détourna aussitôt les yeux. Puis, sans se soucier d'attirer l'attention des invités ou de choquer quiconque, elle releva les flots de tulle à pleines mains et s'enfuit, les larmes lui brouillant la vue et le cœur en miettes.

L'expression qui avait envahi le beau visage d'Henna lui avait fait l'effet d'un coup en plein cœur. Elle n'était pas bouleversée de le voir danser avec Tuva, non. Il s'agissait d'autre chose. Elle avait contemplé l'écran de son smartphone et…

Sans réfléchir, Aleksander lâcha sa partenaire et traversa rapidement la salle de bal. Il devait rattraper Henna avant qu'il soit trop tard. Il entendit les murmures monter autour de lui, mais continua d'avancer sans y prêter attention et s'élança bientôt dans le couloir.

Le pouls lui battait les tempes, la peur courait dans ses veines. Tout en lui lui enjoignait de ne pas la poursuivre. Lui répétait que cela ne servirait à rien, qu'il devait faire demi-tour et retourner auprès de Tuva et des invités. Mais en dépit de sa détermination à éloigner Henna, à mettre de la distance entre eux, à la repousser, maintenant que le moment était venu de la laisser partir, il ne pouvait s'y résoudre.

Parvenu à l'entrée de l'aile réservée aux logements du personnel, il continua d'avancer, guidé par le claquement des hauts talons. Il emprunta un nouveau couloir, accéléra le pas… Le fuyait-elle ?

Cette pensée l'aiguillonna, jusqu'à ce qu'au détour d'un autre couloir, il s'arrête net en se retrouvant presque nez à nez avec Henna.

Elle l'attendait, la tête haute, les yeux étincelants de fureur.

— Henna…

— Comment as-tu pu me faire ça ?

— Henna, tu savais que…

— Je ne parle pas de Tuva ! cria-t-elle.

Il n'y avait personne alentour, mais Aleksander ne pouvait prendre le risque d'être surpris par un membre du personnel. Il désigna une porte, l'ouvrit… et vit un bureau vide. Soulagé, il prit Henna par la main et l'entraîna dans la pièce avant de refermer la porte d'un coup de pied.

— Que s'est-il passé ?

— Ne le savez-vous pas déjà, Majesté ?

Il serra les mâchoires, frappé par l'amertume colorant la voix mélodieuse et sachant qu'il en était la cause.

— Tu te targues de faire en sorte de connaître les moindres agissements de quiconque, avant même qu'il, ou elle, remue le petit doigt, n'est-ce pas ?

Cette fois, il comprit. Elle savait qu'il avait orchestré la proposition d'emploi à Londres.

— Comment as-tu pu faire une chose pareille ? Parmi toutes tes machinations, toutes tes manipulations, celle-ci est particulièrement cruelle.

Aleksander tressaillit. Impossible de réfuter ces paroles.

— Tu prends les gens pour des pions que tu déplaces à ton gré pour te protéger, pour éviter qu'ils te fassent du mal, mais est-ce que cela t'arrive de penser au mal que tu leur fais ? lança-t-elle avec colère.

— Oui, tout le temps, avoua-t-il malgré lui. Je ne pense même qu'à cela.

Elle le regarda en secouant la tête, l'air incrédule.

— Ce que nous avons partagé, ce que nous avons vécu, *tout* n'était que mensonge ?

— Je ne t'ai jamais menti.

— Tu m'as dit que j'aurais toujours une place ici ! C'était un mensonge !

— Henna…

— Tu m'as laissé croire que je serais en sécurité ici, alors qu'en même temps, tu t'arrangeais pour que j'accepte un poste dans un autre pays !

— Non, Henna. Tu le méritais. Tu l'avais *gagné*, ce poste.

— Mais à quel prix ? Je l'ai gagné, OK, mais si je l'ai obtenu, c'est parce que tu voulais te débarrasser de moi ! Tu ne voulais plus me voir *ici* !

La rage bouillonnait en lui, un horrible sentiment d'impuissance et de frustration lui étreignait la poitrine.

— Oui, tu as raison. Je ne voulais plus te voir ici. Je ne veux pas de toi ici.

Elle recula précipitamment, comme s'il l'avait frappée.

— Comment veux-tu que je me trouve une fiancée en sachant que tu es là, bon sang ? s'écria-t-il. Que seuls quelques couloirs nous séparent ? Comment suis-je censé être le roi que je dois être quand tu fais revivre en moi ce que j'ai mis des années à essayer d'oublier ? Dis-le-moi, Henna, parce que si tu sais comment je peux y arriver, reste, je t'en prie.

Voyant qu'elle le dévisageait en silence, il en profita pour poursuivre.

— Même avant Öström, même avant notre premier baiser, même avant que Freya se fiance avec Kjell, je savais que tu représentais une menace terrible pour moi. Je savais que tu découvrirais la vérité. Que tu comprendrais la cause de mon besoin de tout contrôler…

Il s'interrompit, le souffle court.

— Oui, tu représentes une menace pour moi, Henna. Parce que si je me permettais d'éprouver des sentiments pour toi, comment ne serais-je pas détruit par ceux que j'éprouve pour… mon enfant ? La décision qui a été prise autrefois sans que je puisse donner mon avis, sans que j'aie la possibilité de *choisir*, elle l'a été pour que je puisse gouverner ce pays. Pour que cela soit et demeure mon seul objectif.

— Alors, tu refuses de reconnaître ton chagrin, ta perte, ta culpabilité, ton amour – tout ce qui te rend humain –, parce que tu penses que cela fait de toi un meilleur roi ? demanda-t-elle en écarquillant les yeux.

— Si c'est le prix à payer, je l'accepte.

— C'est une bien pauvre façon d'honorer la perte de ton enfant.

Ses paroles l'atteignirent en plein cœur, avec une telle violence qu'il ferma un bref instant les yeux pour encaisser le choc.

— Tu étais un adolescent vulnérable, à l'époque, coupé des êtres qui auraient pu t'aider, tu as été submergé par le chagrin. Alors tu l'as caché au-dedans de toi. Je comprends ta réaction. Tu n'étais pas assez fort, à ce moment-là, mais maintenant, tu l'es. Et tu disposes du soutien qui…

— Va-t'en, l'interrompit Aleksander, les mâchoires serrées.

Elle ne bougea pas d'un centimètre.

— Je suis ton *Roi* ! cria-t-il.

— Et si tu le répètes assez de fois, cela te convaincra-t-il que tu as eu raison de manipuler les autres ? De les priver du choix dont tu as été privé toi-même ?

— Cesse…

— De quoi faire ? De te défier ? De te remettre en question ? Comptes-tu user de ton autorité pour soumettre autrui à ta volonté ?

Quand il recula, Henna s'avança d'un pas vers lui.

— Il est temps que tu regardes en face ta souffrance, ton chagrin et ta culpabilité. Sers-toi du soutien dont tu bénéficies maintenant, affronte tes souvenirs et cela te rendra encore plus fort, et meilleur. Tu le mérites.

Il la regarda en secouant la tête.

— Tu ne vois donc pas ? Si tu voyais, tu saurais que tu es aimé, que… je t'aime, poursuivit-elle.

Quand il secoua de nouveau la tête, une souffrance atroce terrassa Henna, mais elle tint bon.

— Non, tu ne m'aimes pas.

— Ça, tu n'as pas le pouvoir de le contrôler ! s'exclama-t-elle avec un petit rire brisé.

— Je sais, acquiesça lentement Aleksander. Mais je n'ai fait que dire la vérité. Tu ne m'aimes pas. Tu aimes le garçon qui t'a trouvée dans le labyrinthe, qui t'a présentée à sa sœur. Ce garçon drôle et décontracté n'existe plus, Henna. Ce qui m'est arrivé m'a changé à tout jamais.

Comment lutter contre cet aveu ? Cette reddition ? La souffrance lui enserra la poitrine comme un étau.

— Tu as échafaudé un rêve autour de moi et il est temps que tu te réveilles, ajouta-t-il, avec une gentillesse qui redoubla la souffrance d'Henna.

Aveuglée par les larmes, elle retint un sanglot. Aleksander tendit la main vers elle, mais elle s'écarta d'un mouvement brusque. L'étau lui enserrant la poitrine lui comprimait le cœur. La douleur lui lancinait les tempes.

— Je t'ai dit que je t'aimais parce que tu méritais de le savoir. Mais moi je mérite plus que cela, Aleksander.

Sans attendre sa réaction, elle se détourna de l'homme qu'elle aimait plus qu'elle-même, ouvrit la porte et sortit de la pièce. Mais avant de se détourner, elle avait eu le temps de voir le désespoir qui emplissait les superbes yeux sombres.

Quelques instants plus tard, elle entra dans son studio. La plupart de ses affaires ayant déjà été expédiées à l'hôtel, elle n'avait plus que son sac à main et son manteau à prendre, et quitta bientôt le Palais par l'entrée réservée au personnel.

Henna ne se retourna pas, ne ralentit pas, et se dirigea vers le taxi qui l'attendait sur l'allée de gravier.

12.

Aleksander demeura un long moment immobile à fixer la porte tandis que les paroles d'Henna repassaient en boucle dans son esprit. Il réentendit chacune des phrases qu'elle avait prononcées, chacune des siennes… Il avait toujours eu deux longueurs d'avance, mais cette fois, il se retrouvait à la traîne. Très loin derrière.

Cette issue était inévitable, il l'avait toujours su, mais il ne put s'empêcher d'inventer toutes sortes de scénarios dont la fin aurait été différente. S'il n'avait pas dit… Si elle avait…

Une immense fatigue s'abattit soudain sur lui. Aleksander se massa les tempes, puis finit par se décider à quitter la pièce et, aussi raide qu'un robot, prit la direction de ses appartements.

Il claqua la porte derrière lui, s'avança dans son salon, et vit Freya debout à côté de la cheminée, puis Marit, assise à l'extrémité du canapé, toutes deux le regardant d'un air accusateur.

— Que voulez-vous ? soupira-t-il en portant de nouveau les mains à ses tempes.

— Ce que nous voulons… commença Freya avec colère.

— Nous voulons savoir si tu vas bien, l'interrompit Marit, manifestement très inquiète pour lui.

Quant à Freya, elle bouillait de colère, et pas seulement parce qu'il lui avait gâché sa soirée.

Seigneur, il avait vraiment *tout* fait échouer.

— La situation en est où, exactement ? demanda-t-il en s'asseyant sur le bras du canapé en bois doré.

— Tuva a dit à tout le monde qu'il s'agissait d'une intoxication alimentaire, répondit Freya.

— Une intoxication alimentaire ? répéta-t-il avec un rire incrédule.

— C'est toujours moins embarrassant que de devoir reconnaître que l'on a été abandonnée publiquement par le roi de Svardia, non ? poursuivit Freya.

Un gémissement échappa à Aleksander. Sa tête allait exploser, bon sang !

— Ne t'en fais pas, Tuva s'en remettra, reprit sa cadette en lui posant la main sur l'épaule. Au moment où nous sommes parties, elle semblait plongée dans une discussion très… *passionnante* avec l'ambassadeur d'Autriche.

Peut-être, mais il trouverait un moyen de se faire pardonner sa grossièreté.

— Revenons à l'essentiel, déclara Marit en se levant. Tu vas bien, Sander ?

Le fait de s'entendre appeler ainsi fit remonter une foule de souvenirs d'enfance et d'adolescence, avant…

« Sers-toi du soutien dont tu bénéficies maintenant, affronte tes souvenirs et cela te rendra encore plus fort, et meilleur. Tu le mérites. »

Henna avait raison, réalisa-t-il, secoué.

— Non, pas vraiment, répondit-il à Marit avec un soupir las.

Et cette fois, il leur raconta enfin ce qui lui était arrivé douze ans plus tôt, ce que Kristine avait vécu. Il parla de sa grossesse, et des répercussions que ces événements avaient eues sur lui durant les années qui avaient suivi ce drame. Il expliqua comment il s'était fermé aux autres parce que c'était plus facile de refouler la souffrance qui menaçait de resurgir à la moindre émotion. Et comment cela l'avait conduit à choisir une femme qui ne risquait pas de bousculer cet équilibre… et à planifier le recrutement d'Henna.

— Henna est mon amie, lui rappela Freya d'un ton accusateur. Tu n'aurais pas dû lui faire cela.

Aleksander se massa le plexus solaire. Les émotions refluaient impitoyablement en lui. Il repensa à Kristine, à la souffrance qu'il lui avait infligée. Il revit l'expression d'Henna un peu plus tôt… Sa merveilleuse Henna qui, après s'être installée au Palais, s'était faufilée dans son cœur et y était restée. Son égale, la femme unique qui avait gagné sa confiance, qui était une source d'inspiration pour lui et l'aidait à avancer.

Et lui, qu'avait-il fait pour l'en remercier ? Il l'avait trahie et blessée cruellement.

Il poussa un juron.

— Je crois qu'il commence à comprendre… dit Marit.

— Mais un peu tard, hélas, répliqua Freya.

— Laisse-lui un peu de temps, la réprimanda sa benjamine. Il en est au tout début…

Tout en écoutant ses sœurs, Aleksander s'efforçait de mettre de l'ordre dans ses pensées. Henna avait eu raison, sur tous les plans – mais le plus important, c'était qu'elle l'ait forcé à regarder son passé en face.

— Il faut que je…

Freya et Marit le regardaient, les yeux brillants, attendant qu'il continue.

— Dis-nous ce dont tu as besoin, Sander, dit doucement Freya en le prenant dans ses bras. Nous sommes là pour t'aider.

— Oh ! vous, les hommes ! s'écria Marit avant de tendre les bras pour essayer de les entourer tous les deux.

Leurs rires fusèrent, mêlés de larmes. Enfin, les larmes de ses sœurs. Lui ne pleurait jamais, bien sûr.

Deux jours plus tard, installé à l'arrière de sa berline, Aleksander regarda les enfants dire au revoir à leur père qui montait en voiture. Quand celle-ci eut disparu au tournant de la rue, il attendit encore cinq minutes par sécurité, puis descendit du véhicule. Ses gardes rapprochés étaient présents, mais discrets. Ce déplacement devait demeurer secret, naturellement. Pas pour se protéger lui, mais pour protéger la femme qui vivait là, ainsi que son mari et leurs enfants.

Le bruit de ses pas résonna sur l'allée pavée menant à la porte de la maison et, sans hésiter une seconde, Aleksander toqua.

Kristine ouvrit la porte, s'immobilisa et le dévisagea en battant des cils. Puis il vit une expression si chaleureuse empreindre ses traits, une telle compassion émaner de ses yeux bleus, qu'il faillit chanceler. Et lorsqu'elle sourit, Aleksander sentit les larmes lui picoter les paupières.

— Tu peux entrer ? demanda-t-elle en cherchant des yeux les gardes rapprochés.

Elle savait qu'il ne se déplaçait jamais sans, évidemment.

— Si cela ne te dérange pas ?

— Entre, je t'en prie, répondit-elle en s'effaçant pour le laisser passer.

Le salon regorgeait de jouets, d'images et de DVD traînant sur le sofa et les deux fauteuils, de livres, d'albums de BD, de tout un bazar qui paraissait si… normal que le cœur d'Aleksander se serra.

Un petit garçon blond entra en courant dans la pièce, s'immobilisa et le regarda avec de grands yeux, fit demi-tour, prêt à ressortir comme un petit bolide, avant d'être arrêté dans son élan par sa mère qui le souleva dans ses bras en souriant.

— Ce monsieur est un vieil ami de maman, Dani. Dis-lui bonjour.

— Bonjour, fit timidement le petit garçon.

Aleksander s'éclaircit la voix, puis répondit à son bonjour.

Une fois ces présentations terminées, Kristine reposa son fils sur ses pieds, et celui-ci fila aussitôt retrouver son frère et sa sœur.

— Je peux t'offrir un thé, un café ? demanda Kristine, soudain un peu embarrassée.

— Non, merci. Comment vas-tu ?

Elle sourit et l'invita d'un geste à s'asseoir, mais il attendit qu'elle soit assise dans un fauteuil avant de s'installer sur le sofa.

— Bien, dit-elle avec calme. Je vais bien. Et *toi* ?

— C'est si évident ? répliqua-t-il avec humour.

— Si tu allais bien, tu ne serais pas là.

— J'aimerais te dire certaines choses, tu veux bien ?

— Bien sûr, Aleks.

Seigneur, il avait la gorge si nouée, si sèche… Il s'éclaircit de nouveau la voix, puis se lança.

— Je suis sincèrement désolé. Désolé que tu aies dû prendre cette décision. Désolé de ne pas avoir été capable de te protéger, de t'éviter de…

— Aleks, l'interrompit-elle doucement. Je ne t'en veux pas. Je ne t'en ai jamais voulu. Je croyais…

Elle n'acheva pas sa phrase, mais Aleksander comprit.

— Tu croyais que je t'en voulais ?

Kristine hocha la tête.

— Je ne pourrais pas, dit-il avec force. Je ne t'en ai *jamais* voulu. J'ai compris pourquoi tu avais pris cette décision. Mais je… Tu n'aurais jamais dû avoir à la prendre… seule. Ni subir la pression de mon père.

— Ton père a été très clair, il m'a dit qu'il respecterait mon choix quel qu'il soit, et qu'il m'accorderait son soutien. Il n'est pas méchant, au fond, mais je sais que ça a dû être très difficile de grandir avec un père comme lui.

Un soulagement immense l'envahit, mêlé de tristesse.

— Non, cela n'a pas été facile, mais ce que tu viens de me dire m'aide un peu.

Quand ils se regardèrent en silence, Aleksander vit qu'elle le comprenait.

— Je t'aimais, reprit-il. Et tu occuperas toujours une place spéciale dans mon cœur.

— Je sais. Je l'ai toujours su. Moi aussi je t'aimais. Mais nous étions si jeunes… Et… Et je n'aurais jamais pu devenir ta reine, acheva-t-elle tristement.

Il secoua la tête. Il le savait aussi.

— Qui est-ce ?

Un tressaillement le parcourut. Il y avait une telle affection dans la voix et le regard de Kristine.

— J'imagine que, qui qu'elle soit, c'est elle qui t'a aidé à venir jusqu'ici, ajouta-t-elle.

Cette fois, Aleksander sourit.

— Henna. Henna Olin.

— Je me souviens bien d'elle, dit Kristine avec chaleur.

— C'est vrai ? demanda-t-il, surpris.

— Mais oui, bien sûr. Elle te regardait tout le temps !

Ils bavardèrent pendant un moment, évoquèrent le passé, leurs familles, conscients tous les deux que c'était probablement la dernière fois qu'ils se voyaient. Aleksander dit tout ce qu'il avait à lui dire, et quand il remonta dans la berline qui allait le ramener au Palais, il se sentit enfin prêt à affronter le combat qui l'attendait.

Parce qu'il n'avait pas l'intention de laisser partir Henna.

Tu peux me rejoindre dans le labyrinthe ? Il faut que je parle en privé mais je ne peux pas trop m'éloigner du

Palais. S'il te plaît, Henna. C'est très important, sinon je ne te le demanderais pas.

Henna remit son portable dans son sac en soupirant. Elle s'envolait pour Londres le lendemain, par conséquent, elle avait le temps de faire un saut au Palais. Mais elle n'avait vraiment pas envie de retourner là-bas, même si Freya lui avait par ailleurs juré qu'Aleksander était parti en voyage d'affaires. D'un autre côté, elle ne pouvait pas refuser cela à son amie…

Quelques instants plus tard, la voiture envoyée par Freya franchit les grilles du Palais, s'engagea dans l'allée privée et la déposa juste à côté du labyrinthe.

Freya n'étant pas encore arrivée, Henna contempla les milliers de petites feuilles vertes et fut aussitôt assaillie par des souvenirs d'enfance. Elle se revit là, toute petite, impressionnée par les haies qui lui paraissaient si hautes…

Se rapprochant de l'entrée, elle appela Freya, mais sans obtenir de réponse. Étaient-elles censées se retrouver là, ou au centre du labyrinthe ? Ne désirant pas faire attendre son amie, elle suivit le chemin étroit – le seul conduisant au cœur du labyrinthe – qu'elle s'était forcée à mémoriser après s'être perdue.

Plongée dans ses pensées, elle avançait d'un pas égal, lorsqu'elle s'immobilisa tout à coup, n'en croyant pas ses yeux.

Aleksander se tenait au centre de la petite place circulaire, l'air… Jamais elle ne l'avait vu ainsi. Les cheveux ébouriffés, en bras de chemise, les manches roulées sur ses avant-bras, serrant et desserrant les poings… Il n'en était pas moins d'une beauté renversante. En vérité, Henna le trouvait même encore plus attirant, plus…

Elle secoua la tête, agacée par ses propres réactions.

— Pourquoi suis-je ici, Aleksander ? demanda-t-elle, meurtrie et furieuse d'avoir été manipulée *encore une fois.*

Voyant qu'il avait de nouveau blessé Henna, Aleksander comprit que s'il ne voulait pas la voir partir en courant, il n'avait pas une seconde à perdre.

— Je suis désolé, dit-il tout à trac. Tu ne peux pas imaginer à quel point.

— Et tu sais pourquoi tu es désolé ? demanda-t-elle en le foudroyant du regard. Ou tu dis seulement ce que tu crois que j'ai envie d'entendre ?

— Oui, je sais pourquoi, répondit-il en tendant la main pour prendre la sienne.

Elle la dégagea aussitôt.

— Je… Il y a tant de choses que je voudrais te dire, que j'aimerais faire…

Décidément, il s'y prenait comme un manche… Henna allait partir, bon sang !

— Je suis allé voir Kristine.

Cette fois, elle le regarda d'un air si inquiet qu'il reprit espoir.

— Comment va-t-elle ?

— Bien. Elle aime sa vie tranquille, son mari, il est attentionné, ses enfants sont adorables. Je n'aurais pas dû attendre aussi longtemps pour aller la voir. Freya et Marit m'ont dit la même chose.

— Tu leur as parlé de ce qui s'est passé autrefois ? s'exclama Henna en écarquillant les yeux.

— Oui. Et tu avais raison, évidemment. Je n'avais pas réalisé combien je m'étais coupé d'elles. C'est toi qui m'as ouvert les yeux.

Quand il fit un pas vers elle, Henna ne recula pas, cette fois-ci.

— Pendant des années, j'ai cru que mon chagrin, ma culpabilité, m'enfermaient comme une cage. Mais en fait, c'était un labyrinthe. Un labyrinthe dont je ne trouvais pas l'issue. C'est toi qui m'as montré la voie, Henna. Toi qui m'as aidé à trouver le chemin, et pas seulement pour sortir de ce labyrinthe où je m'étais fourvoyé, mais aussi pour aller vers toi. Tu es ma force, mon cœur.

Elle le dévisagea un instant en silence, fouillant son regard.

— Mais… Et Tuva ?

— Il n'y a pas de Tuva. Il n'y a personne d'autre.

Doucement, il lui souleva le menton.

— Et il n'y aura jamais personne d'autre. Si tu décides de partir demain, je comprendrai, mais sache qu'il n'y aura jamais personne d'autre, répéta-t-il. Aucune autre femme ne portera mon alliance ou ma couronne.

— Mais…

— Je t'aime. Tu es la seule que je désire avoir à mes côtés, Henna.

Les éclats mordorés illuminèrent les beaux yeux noisette.

— J'ai enfin compris que je luttais en vain contre mes sentiments pour toi, alors que mon cœur ne bat que pour toi. J'ai besoin de toi, je te désire, je veux partager ma vie entière avec toi. Parce que, non seulement je t'aime, mais tu m'aides à devenir meilleur. Et moi, comme un idiot, je te voyais comme une menace pouvant me rendre vulnérable et faible. Tu m'as tant donné, Henna, et…

Aleksander s'interrompit un instant avant de poursuivre.

— Et moi, je t'ai trahie. Je t'ai privée de foyer, de *sécurité*, et je ne me le pardonnerai jamais. Ni n'oserai jamais demander ton pardon. Mais je te promets que, quoi qu'il arrive, quoi que tu décides, tu auras toujours ta place ici, à Svardia, au Palais de Rilderdal, et tu feras *toujours* partie de notre famille.

Des frissons couraient sur sa peau. Les paroles d'Aleksander la touchaient profondément. Son cœur exultait, se réjouissait, mais son esprit n'arrivait pas encore à y croire…

— Tu mérites d'être heureuse, reprit-il, se méprenant sur la cause de son silence. Et si tu veux toujours partir à Londres, je le comprendrai parfaitement.

— Londres ? fit Henna, soudain confuse. Je ne pars pas à Londres.

— Ce nouveau travail ne t'intéresse plus ?

— J'ai changé d'avis.

— À cause de moi ? Henna…

— Non ! l'interrompit-elle en riant. Pas à cause de toi !

Mon Dieu, il *l'aimait*. Elle ne rêvait pas.

— J'ai réalisé que je pouvais faire plus. Mieux. Et… je m'en suis rendu compte grâce à toi. Comme tu as pu le constater à Macao, je dispose d'une véritable petite fortune. Jusque-là, je n'y avais jamais touché, parce que cet argent était trop associé à la mort de mon père et que je savais que rien ne pourrait jamais compenser le fait de l'avoir perdu.

Aleksander la prit dans ses bras et la serra contre lui, à l'étouffer.

— Mais maintenant, reprit Henna en le repoussant doucement, je sais que je peux utiliser cet argent pour faire un peu de bien. J'ai réalisé que c'était ce que je désirais et que j'en étais capable. C'est désormais le seul type de reconnaissance qui m'intéresse. Je ne veux plus me cacher dans l'ombre de quelqu'un. Alors je m'envole demain pour Paris où je vais rencontrer Célia d'Hartouville.

— La célèbre femme d'affaires qui, après une trajectoire spectaculaire dans le monde de la finance, a créé la prestigieuse Fondation qui porte son nom ? demanda Aleksander, l'air stupéfait.

— Oui. La Fondation elle-même s'est diversifiée et je

pourrais prendre la direction de l'un de ses organismes, et aider directement les gens qui en ont besoin.

— Ils auront beaucoup de chance, murmura-t-il en lui caressant les cheveux.

Henna leva la main et la lui posa sur la joue.

— Je t'aime. Tu m'as trouvée quand j'étais perdue et tu m'as tant donné. Tu as changé ma vie en me présentant Freya et son amitié a atténué mon chagrin. C'était magique, le beau Prince me donnait ce dont j'avais besoin, avant même que j'en prenne conscience.

— Henna Olin, me feras-tu l'honneur de m'accepter pour époux, partenaire et amant ? De partager mon existence et de vivre au Palais avec moi ?

Les larmes roulèrent sur ses joues sans qu'elle cherche à les retenir, parce que c'étaient des larmes d'amour et de joie.

— Oui, Majesté, j'accepte.

Épilogue

Immobile sur le seuil de la chambre, Henna regarda son époux, le roi de Svardia, parler doucement à leur fils. Elle appuya son épaule contre le chambranle en souriant. Jamais elle n'oublierait la vue d'Aleksander tenant le minuscule Jonas, âgé de trois mois, ou Henriette, leur fille, dans ses bras, ni l'émotion qu'elle ressentait à chaque fois.

Cinq années avaient passé depuis leur mariage et les événements s'étaient enchaînés à une vitesse stupéfiante. L'annonce de l'infertilité de Freya avait été accueillie avec plus de compréhension et de compassion qu'elle n'avait déclenché de réactions négatives. Et, en dépit des tensions et des grincements de dents, Aleksander était parvenu à faire modifier la législation royale. Non seulement aucun titre de noblesse n'était plus requis pour les consorts des membres de la famille royale, mais l'ordre de succession incluait désormais les enfants adoptifs.

Pour sa part, Henna avait endossé son rôle de reine consort sans difficulté, même si Aleksander disait en plaisantant à qui voulait bien l'entendre que c'était elle qui détenait le vrai pouvoir. Ils avaient décidé d'un commun accord de ne pas organiser de cérémonie de couronnement parce que leur mariage officiel – qui avait eu lieu peu de temps après le premier, privé, celui-là, et en très petit comité – l'avait complètement épuisée. D'autant plus qu'à l'époque, Henna était enceinte de trois mois.

Sa relation avec Viveca ne s'était pas améliorée, mais elle ne désespérait pas d'arriver un jour à créer un lien, courtois sinon amical, avec sa demi-sœur. Aleksander avait beau lui répéter qu'elle se leurrait, Henna refusait de perdre espoir.

De son côté, il continuait d'aller à Öström deux fois par an et elle l'y accompagnait chaque fois, ce lieu sauvage et superbe lui étant devenu aussi cher qu'à Aleksander.

Quant à Kozlov, il avait complètement disparu, Dieu merci. Personne n'avait plus jamais entendu parler de lui. De temps en temps, Aleksander et elle jouaient aux cartes. Tantôt elle gagnait, tantôt lui, mais immanquablement, la partie se terminait au lit…

Entendant un bruit de petits pas derrière elle, Henna se retourna et contempla la petite frimousse d'Henriette entourée d'une cascade de boucles blondes, héritées de lointains ancêtres.

— Maman, chuchota sa fille en lui prenant la main. Il va bien, Jonas ?

Henna la souleva dans ses bras et lui sourit.

— Mais oui, mon trésor. Je crois que son papa lui manquait et qu'il avait besoin de le voir, c'est tout.

— Mais il est là, chuchota Henriette en désignant son père du doigt.

— Oui. C'est pour cela que Jonas ne pleure plus. Ton papa faisait la même chose avec toi quand tu étais toute petite.

— C'est vrai ? demanda sa fille en écarquillant ses grands yeux bruns.

À cet instant, Aleksander tourna les yeux vers elles et Henna comprit qu'il éprouvait la même joie, le même émerveillement que ceux qui débordaient de son cœur.

— On va en Décarlie demain ?

Elle se mordit la lèvre pour garder son sérieux. Henriette

voulait dire la Dalécarlie, en Suède, où Kjell et Freya avaient un chalet.

— Oui, mon trésor.

La petite fille se mettant à sauter sur place, Henna lui chuchota qu'il ne fallait pas réveiller son petit frère.

— On va voir Alarik, et Mikael, et Malin ? demanda Henriette à voix basse.

Henna hocha la tête.

— Et tu sais quoi… ? Marit attend un bébé !

— Encore un ? demanda Henriette, tout excitée.

— Oui, et maintenant, nous allons souhaiter bonne nuit à Jonas et le laisser dormir.

Tout doucement, Henriette s'approcha de son père qui se pencha pour qu'elle puisse embrasser son frère sur le front. Henna, qui se tenait derrière elle, contempla le bébé qui paraissait encore plus minuscule dans les bras musclés d'Aleksander.

Leurs regards se croisèrent. Dans celui de son mari, elle vit le reflet de l'amour qu'elle éprouvait pour lui, et pour leurs enfants.

— Je t'aime, murmura-t-il.

— Moi aussi, chuchota-t-elle.

Depuis qu'il l'avait demandée en mariage dans le labyrinthe, pas un jour n'avait passé sans qu'il lui témoigne son amour, et Henna pressentait qu'il en serait toujours ainsi.

Vous avez aimé *La beauté de Svardia* ?
Retrouvez en numérique l'intégrale de votre série
« Le royaume de Svardia » :

1. *Le soldat et la princesse interdite*
2. *Libre de l'aimer*
3. *La beauté de Svardia*

Retrouvez prochainement,
dans votre collection

AZUR

Les vœux d'Alexandros, de Clare Connelly - N°4587

« Épouse-moi, Alex. » C'est avec une audace insoupçonnée que Tessa propose un mariage d'affaires à Alexandros Zacharidis. Si quatre ans plus tôt cet homme l'a brutalement chassée de sa vie après leur nuit de passion, il est aujourd'hui le seul à pouvoir sauver sa réputation. Qu'importe si ce nabab est incapable d'aimer, leur union platonique restera sans danger. Du moins Tessa le croit-elle avant qu'Alexandros exige qu'elle partage ses nuits et lui donne un héritier !

Pacte avec un époux, de Jadesola James - N°4588

Entre Tobilola, princesse de Gbale, et Akil, héritier de Djoboro, les choses sont parfaitement claires. Le mariage arrangé conclu entre leurs deux puissantes familles est le moyen qu'ils attendaient pour être libres ! Un pacte secret les lie davantage que cette alliance d'un autre âge : dans un an, tous deux divorceront. Si Tobi se réjouit d'abord de cette situation, elle est brusquement confrontée à un obstacle inattendu. Son tout nouvel époux l'attire dangereusement – au point qu'elle enfreint la règle qu'elle s'était fixée de ne pas tomber amoureuse de lui…

Détestable séduction, de Millie Adams - N°4589

Désirer l'homme qu'on déteste : cette étrange sensation, Olive ne la connaît que trop bien ! Chaque fois qu'elle est en présence de Gunnar Magnusson, c'est la même chose, elle hésite entre lui tordre le cou et l'embrasser. Jusqu'au jour où, emportée par la passion, Olive se retrouve dans le lit de son rival en affaires. Une folie dont elle mesure toutes les conséquences lorsqu'elle se découvre enceinte…

L'amant d'un bal, de Bella Mason - N°4590

Ce soir-là, à Melbourne, un somptueux bal masqué est donné. Et pour la timide Emma, qui n'a pas l'habitude des mondanités, c'est un moment féerique ! Alors, quand elle heurte par mégarde un sublime inconnu aux yeux bleus, la magie opère de plus belle. Son cœur s'emballe, ses sens s'éveillent… Le coup de foudre la conduit même à passer la nuit entre les bras de cet homme mystérieux ! Or, dès le lendemain, Emma déchante. Son amant, Alexander Hastings, est un impitoyable homme d'affaires et non pas le prince charmant qu'elle avait imaginé…

Liaison en Écosse, de Cathy Williams - N°4591

Celia dessine des robes de mariée, pièces maîtresses des contes de fées. Hélas, sa dernière création vient d'être abandonnée par une fiancée en fuite. Alors qu'elle se résout à ranger la précieuse étoffe, le futur époux éconduit se présente dans son atelier. Loin d'être anéanti par la désertion de sa promise mais contrarié que ses plans soient perturbés, Leandro exige que Celia l'accompagne à sa place en Écosse. Une escapade aussi imprévue que la passion qui flambe soudain entre eux…

**Mystérieuses retrouvailles,
de Rachael Stewart - N°4592**

Felicity est sous le choc. Revoir Sebastian dans la petite ville où ils ont grandi, chez elle, lui fait l'effet d'un mirage. Seize ans plus tôt, il l'a quittée sans laisser d'adresse, sans lui permettre de le retrouver. Que lui dire aujourd'hui, alors que le temps a creusé un tel fossé entre eux ? Tandis qu'il parcourait le monde sans songer à elle, Felicity chérissait le souvenir de leur idylle à travers leur enfant. Une fille prénommée Angel, dont Sebastian ignore encore l'existence…

Baiser à un Grec, d'Abby Green - N°4593

Un baiser. C'est tout ce que l'innocente Sofie a l'intention de voler au magnifique inconnu endormi dans la chambre d'hôpital où elle travaille. Depuis qu'il a été retrouvé au cœur de la montagne de Gallinvach, il est demeuré inconscient. Seulement voilà, à peine a-t-elle frôlé ses lèvres chaudes et fermes qu'il ouvre les yeux. Ce miracle trouble Sofie au plus haut point. Se pourrait-il que cet homme dont elle ne connaît pas même le nom lui soit destiné ?

Ce lien irrésistible, de Lucy King - N°4594

SÉRIE : *LES FILS PERDUS D'ARGENTINE* - 1/3

Finn est abasourdi. Lui qui a toujours tout contrôlé vient de découvrir qu'il a été adopté. Et il n'est pas au bout de ses surprises, hélas ! Georgie, la sublime avocate avec qui il a connu une brève aventure, est de retour dans sa vie avec une révélation de taille. Leur unique nuit de passion les a liés à jamais : tous deux sont désormais parents !

La souveraine déchue, de Caitlin Crews - N°4595

SÉRIE : *ROYALEMENT SCANDALEUSE* - 2/2

Amalia est encore sous le choc : elle n'est pas la princesse héritière d'Île d'Montagne comme le monde entier le croyait. Alors qu'elle se prépare depuis l'enfance à une vie de devoir, la voilà soudain dans la peau d'une femme ordinaire. Que faire quand on est libre ? Pour trouver une réponse à cette question existentielle, elle s'envole pour Cap Morat, en Espagne. Un paradis chargé du souvenir de la liaison brûlante qu'elle a entretenue avec le ténébreux Joaquin Vargas…

Le secret du Cambodge, de Maisey Yates - N°4596

Le trou noir. Quand elle se réveille après un grave accident, Riot a tout oublié de l'année écoulée. Tout, y compris Kravann Valenti, l'homme à son chevet, qui déclare être son fiancé et le père de son bébé ! Tous deux se seraient rencontrés au Cambodge et, après une fabuleuse liaison, ne se seraient plus quittés. Alors qu'elle n'a aucune raison de douter des paroles de Krav, Riot ne peut se défaire de l'étrange impression d'être flouée… Jusqu'à ce que la vérité éclate…

La fiancée oubliée, de Natalie Anderson - N°4597

Comment Tomas Gallo a-t-il pu l'oublier ? En apprenant que l'arrogant milliardaire a été victime d'un accident de la route et se retrouve désormais amnésique, Zara sent une tristesse inattendue l'envahir. Certes, Tomas et elle n'ont été mariés que vingt-quatre heures – un pur mariage de convenance ayant pour seul but de libérer Zara des griffes de son oncle –, mais les sensations qu'elle a connues entre ses bras sont encore vivaces en elle. Et savoir qu'il ne se rappelle rien la trouble plus que de raison. Aussitôt, une idée folle naît dans son esprit. Et si, en passant une dernière nuit avec Tomas, elle réveillait en lui la mémoire des sens ? Celle qui grave à jamais le souvenir d'une peau, d'un toucher, d'un regard…